ほたる先生《せんせい》と「とべないホタル」たち

綾野《あやの》 まさる

富山県《とやまけん》高岡市《たかおかし》の北東部《ほくとうぶ》に、
古《ふる》くから港町《みなとまち》として栄《さか》え、
〝万葉《まんよう》のふるさと〟として、
知《し》られる町《まち》がある。
この物語《ものがたり》は、
昭和《しょうわ》二十四年《ねん》（一九四九年《ねん》）の夏《なつ》――
港《みなと》と美《うつ》しい自然《しぜん》にかこまれた、
北国《きたぐに》の小《ちい》さな町《まち》からはじまる。

創立記念日《そうりつきねんび》でおまんじゅうをもらった
先生《せんせい》は
「うちへ帰《かえ》ってからたべること」
とおっしゃった。道々《みちみち》
「はやく帰《かえ》ってたべよう」
というと、悦《えっ》ちゃんが
「家《いえ》へかえったら　こうちゃんにあげんなんもん」
といった
「わたしも　ゆうちゃんにやらんなんもん」
と　わたしもいった
はやく帰《かえ》って　ゆうちゃんの喜《よろこ》ぶ顔《かお》がみたい
うちに弟《おとうと》や妹《いもうと》のいる人《ひと》は　みんないっしょだなあ
（妙子《たえこ》　昭和《しょうわ》28年《ねん》　学級文集《がっきゅうぶんしゅう》「ゆりかご」）

もくじ

まっ赤《か》なトマト

「すっげぇでっかいフナだぞぉー、おーい、見《み》てみい」

川《かわ》のなかに、胸《むね》までつかったタッチンが、目玉《めだま》をぎょろぎょろさせて大声《おおごえ》をあげた。

その声《こえ》に、川岸《かわぎし》であそんでいた洋平《ようへい》と純平《じゅんぺい》が、水《みず》しぶきをあげて走《はし》りよった。

「ほんまや、でっかいなぁ。けんど、これぇ、フナとちごうとる。イワナ、イワナやぞ。こないだ、おらんちのとなりのじっちゃんが、この川《かわ》をもっとのぼったところで、釣《つ》ったというとった。それにしても、いっぱいおるなぁ」

洋平《ようへい》が、水面《すいめん》すれすれに顔《かお》をくっつけて、目《め》をかがやかせた。かっ色《しょく》のほっそり

としたからだに、赤《あか》い斑点《はんてん》をつけた魚《さかな》たちが、群《む》れをなして泳《およ》いでいる。

「手《て》でつかまえられそうやな、オトやん」

小学《しょうがく》四年生《ねんせい》のタッチンこと宮崎達彦《みやざきたつひこ》が、オトやんと顔《かお》を見《み》あわせた。オトやんというのは、乙畑洋平《おとはたようへい》のことで、タッチンとおなじ四年生《ねんせい》だ。そして、小学《しょうがく》一年生《ねんせい》の純平《じゅんぺい》は、オトやんの弟《おとうと》である。

「そやけど、なんでイワナが、こんな浅《あさ》いとこまできとるがやろ。イワナは川《かわ》の上流《じょうりゅう》の深《ふか》いとこにしかおらんと、うちのとうちゃんがいうとった」

タッチンが、水《みず》のなかをしげしげとながめて、ふしぎそうな顔《かお》をした。

「ずっと雨《あめ》がふらんさかいに、ここまでおりてきたんやろ。きっと、そうにちがいないちゃ。イワナはな、川《かわ》をわたるヘビを食《く》うと、となりのじっちゃんがいうとった」

そういうと、オトやんは、川《かわ》のなかにずぶずぶっともぐりこんだ。

その年《とし》の夏《なつ》は、とりわけ暑《あつ》かった。かんかん照《で》りの日《ひ》が、もう一カ月《げつ》ちかくもつづき、一滴《てき》の雨《あめ》もふらない。S川《がわ》の支流《しりゅう》にあるこの川《かわ》も水《みず》かさがぐんとへって、深《ふか》いところでも、七、八十センチしかない。だから一年生《ねんせい》の純平《じゅんぺい》でも、くびすれすれで、川《かわ》のなかに立《た》つことができた。

「だめじゃ、とてもつかめん。逃《に》げ足《あし》のはやいやつらや」

ざぶんと水音《みずおと》をたてて、オトやんが顔《かお》をだした。

「よし、おらがつかまえてやるちゃ」

こんどはタッチンが、いきおいよく水《みず》しぶきをあげて、川《かわ》のなかにきえた。

まひるの太陽《たいよう》が、てりつけている。それから三人《にん》は、なんども水《みず》から顔《かお》をだし、また川《かわ》にもぐった。

「おーい、タッチン、そっちはどうだ!! こっちは、ぜんぜんだめや」

ハーハーと息《いき》をはずませ、洋平《ようへい》が達彦《たつひこ》に声《こえ》をかけた。

「だーめだなぁ……、釣《つ》りざおを、もってくりゃよかったなぁ」

川《かわ》のなかにつっ立《た》った達彦《たつひこ》が、くやしそうな顔《かお》で空《そら》を見《み》あげた。

夏休《なつやす》みも、あと三日《みっか》でおしまいだ。三人《にん》は、となり町《まち》まではるばる泳《およ》ぎにやってきた。そして、めったに見《み》られないイワナにであった。けれど、とうとう一匹《ぴき》もつかまえることはできなかった。

帰《かえ》りの道《みち》は、長《なが》かった。

空《そら》には、入道雲《にゅうどうぐも》が立《た》ちのぼり、夏《なつ》がひろがっている。日《ひ》ざしは、ますます強《つよ》くなった。ずぶぬれのランニングシャツとパンツから、ゆげがのぼった。

「ああ、腹《はら》へったなぁ……。もう歩《ある》けん」

タッチンが、道《みち》ばたにすわりこんだ。

「あんちゃん、のど……、かわいたぁ」

純平《じゅんぺい》が、兄《あに》の洋平《ようへい》のシャツをつかんで、いまにも泣《な》きそうな顔《かお》になった。

「ほんま、腹《はら》へったぁ。おらも、もう歩《ある》けん」

洋平《ようへい》も、ぺたりと道《みち》ばたにしゃがみこんだ。じゃりころだらけの白い道《みち》の両側《りょうがわ》には、いちめんのトマト畑《ばたけ》がひろがっていた。トマトの根《ね》が力強《ちからづよ》く土《つち》をかんで、まっ赤《か》な実《み》をふくらませている。

「うまそうだなぁ……。おい、タッチン、ちょっこし、これぇ、もろうまいか」

洋平《ようへい》がそういうと、畑《はたけ》のなかを見《み》まわした。畑《はたけ》には、人《ひと》かげも見《み》あたらない。シオカラトンボが、トマトの枝《えだ》さきにちょこんととまって、遠《とお》くでセミの鳴《な》き声《こえ》がするだけだ。

「よーし、いくぞぉ！」

洋平《ようへい》が右手《みぎて》をあげて、ぐるんとまわした。そのあとへ、達彦《たつひこ》と純平《じゅんぺい》が、腰《こし》をかがめてつづいた。達彦《たつひこ》は、胸《むね》がどきどきした。洋平《ようへい》が、大《おお》きな実《み》を、ぷつりともぎとったときだった。

「こりゃあ、ガキども!!」

思《おも》いがけない方向《ほうこう》からどなり声《ごえ》がして、麦《むぎ》わら帽子《ぼうし》をかぶったおじさんが、トマトの葉《は》かげから、にゅっと顔《かお》をだした。

「逃《に》げろ、逃《に》げろぉ！」

オトやんが大声《おおごえ》で叫《さけ》ぶと、いちもくさんにかけだした。カッチンも、純平《じゅんぺい》も血相《けっそう》をかえて走《はし》りだした。

「こらぁ、待《ま》てぇ！　きょうこそつかまえてやるぅ!!」

右手《みぎて》にかまをふりあげたおじさんが、すごいスピードで追《お》いかけてくる。じゃりころ道《みち》に砂《すな》けむりがあがった。

と、その砂《すな》けむりのむこうで、一台《だい》の自転車《じてんしゃ》が、急《きゅう》ブレーキをかけてとまった。

「こらーっ、おまえたち、逃《に》げるなんて、ひきょうだぞ！」

自転車《じてんしゃ》からおりた青年《せいねん》が、逃《に》げる三人《にん》のまえで、両手《りょうて》をひろげて仁王立《におうだ》ちになった。

「か、かんにん……、してくれぇ」

タッチンが、からだを小《ちい》さくしてうなだれた。

「いやぁ、かんにんできん。おまえら、こないだも、トマトをぬすんだやろ」

麦《むぎ》わら帽子《ぼうし》のおじさんが、洋平《ようへい》のくび根《ね》っこをおさえて声《こえ》をたかくした。

「ちごうちゃ、ちごうちゃ……。おらたち、きょう、はじめてやぁ。さいさかい（だから）、かんにんしてくれぇ、かんにんしてぇな」

ネコにつかまったネズミのように、洋平《ようへい》はからだをふるわせた。

「おまえたち、どこの学校《がっこう》の生徒《せいと》や。港《みなと》が見《み》える小学校《しょうがっこう》か!?」

青年《せいねん》は、三人《にん》をかわるがわるにながめて、めがねの奥《おく》の目《め》をほそくした。

「そうかあ、あの小学校《しょうがっこう》かぁ……。けんどなぁ、いっくら腹《はら》へったいうても、このトマトはな、このおじさんが、苦労《くろう》してつくったもんだ。だからな、だまって人《ひと》の苦労《くろう》したもんを、とっちゃいかん、なぁ」

青年《せいねん》は、まるで先生《せんせい》のような口《くち》ぶりでいうと、三人《にん》の小《ちい》さな肩《かた》をポン、ポンとたたいた。

「ほんま、すまんことです。きょうのところは、私《わたし》の顔《かお》にめんじて、この子《こ》らを許《ゆる》してやってください」

それから青年《せいねん》は、麦《むぎ》わら帽子《ぼうし》のおじさんに、ていねいにあやまった。

「ああ、よかった、よかった。おじさんな、かんにんしてくれるって……。もう、これからはな、だまって、人《ひと》のもの、とっちゃだめだぞぉ」

三人《にん》は、てんでにぺこりと頭《あたま》をさげると、力《ちから》のない足《あし》どりで歩《ある》きだした。しばらくすると、さっきの青年《せいねん》が、自転車《じてんしゃ》のペダルを踏《ふ》みしめて追《お》いついてきた。

「もうすぐ、二学期《がっき》がはじまるな。そしたら、こんどは学校《がっこう》できみたちとあえるな。その日《ひ》が待《ま》ちどおしくってね。

ああ、ぼくの名前《なまえ》はね、オザワっていうんだ。小《ちい》さな沢《さわ》と書《か》いて、小沢《おざわ》だ。じゃあ、気《き》いつけて帰《かえ》るんだぞ」

自転車《じてんしゃ》の上《うえ》から右手《みぎて》をふると、青年《せいねん》は走《はし》りさった。がらんとした白《しろ》い道《みち》は、どこまでもつづいている。タッチンもオトやんも、それから純平《じゅんぺい》も、ぽかんとした顔《かお》で、小《ちい》さくなっていく自転車《じてんしゃ》を見《み》おくった。

人間《にんげん》やもん、みんな、おんなじや

二学期《がっき》がはじまった。タッチンとオトやんが通《かよ》う小学校《しょうがっこう》は、港《みなと》を見《み》おろす高台《たかだい》の上《うえ》にある。

その朝《あさ》、講堂《こうどう》には、全校《ぜんこう》生徒《せいと》が集《あつ》まった。どの顔《かお》も日《ひ》やけして、ぴっかぴかに光《ひか》っている。

「きょうは、みんなに新《あたら》しい先生《せんせい》を紹介《しょうかい》します。小沢《おざわ》昭巳《あきみ》先生《せんせい》です。いま、この学校《がっこう》は、先生《せんせい》がたりなくてこまっていたのですが、小沢《おざわ》先生《せんせい》には、情熱《じょうねつ》をもってこの学校《がっこう》にきていただきました」

八の字《じ》になった口《くち》ひげを動《うご》かしながら、校長先生《こうちょうせんせい》が、全校生徒《ぜんこうせいと》を見《み》わたした。

「えーと、えーっ、私《わたし》が小沢昭巳《おざわあきみ》です。どういうわけだかわからないうちに、先生《せんせい》ということになって、この学校《がっこう》にやってきました」

笑《わら》いかけようとしたが、小沢先生《おざわせんせい》のほっぺたは、かたまったようになった。足《あし》も少《すこ》しふらついた。クス、クスッと、生徒《せいと》たちのあいだに、小《ちい》さな笑《わら》いの波《なみ》が走《はし》った。

「えーっ、あのぅ……、つまり、ぼくは先生《せんせい》になりたての……、つまり、ほやほやですが、みんなといっしょに勉強《べんきょう》して、それから元気《げんき》いっぱいの先生《せんせい》になりたいと思《おも》います」

どうにか、うまくいえた。拍手《はくしゅ》がたかなった。その拍手《はくしゅ》のなかで、まるでキツネにつままれたようになったのは、四年生《ねんせい》の列《れつ》にならんでいた達彦《たつひこ》と洋平《ようへい》だった。

(あんれぇ、やっぱし、そうやぁ、こないだトマト畑《ばたけ》でたすけてもらった……、あのあんちゃんや)

タッチンは、両手《りょうて》でなんども、目《め》のあたりをこすってみた。オトやんも、おんなじように目《め》をこすったあとで、ぽかんと口《くち》をあけたまま、壇上《だんじょう》の小沢先生《おざわせんせい》を見《み》つめた。

（トマト畑《ばたけ》で、おらたちにやさしく説教《せっきょう》してくれた人《ひと》が、先生《せんせい》になった。あの先生《せんせい》やったらおらたちの話《はなし》もわかってくれるやろな）

タッチンもオトやんもそう思《おも》ったが、小沢《おざわ》先生《せんせい》は、三年生《ねんせい》の担任《たんにん》になった。ふたりは、ふくらんだ風船《ふうせん》がパチンと割《わ》れたように、がっくりと肩《かた》をおとした。


この物語《ものがたり》は、こうして昭和《しょうわ》二十四年《ねん》（一九四九年《ねん》）の秋《あき》にはじまる。いまから五十年《ねん》以上《いじょう》もまえになるけれど、あの長《なが》かった戦争《せんそう》が終《お》わって、四年《ねん》がたったころである。

昭和《しょうわ》十二年《ねん》（一九三七年《ねん》）、日本《にほん》と中国《ちゅうごく》のあいだで戦争《せんそう》がはじまった。日本《にほん》は武力《ぶりょく》によって、ほかの国《くに》を、自分《じぶん》の領土《りょうど》にしようという、戦争《せんそう》への階段《かいだん》をのぼりはじめたのだ。やがて日本《にほん》は、第《だい》二次《じ》世界大戦《せかいたいせん》にまきこまれ、昭和《しょうわ》十六年《ねん》（一九四一年《ねん》）、とうとうアメリカを相手《あいて》に、太平洋《たいへいよう》戦争《せんそう》へとつき進《すす》んだ。それは、くらいトンネルのなかへ、世界中《せかいじゅう》が入《はい》りこんだ時代《じだい》だった。

お国《くに》のためにと、たくさんの男《おとこ》の人《ひと》たちが、中国大陸《ちゅうごくたいりく》や東南《とうなん》アジアへ、兵士《へいし》としておもむいた。戦争《せんそう》はだんだんはげしくなり、昭和《しょうわ》十九年《ねん》（一九四四年《ねん》）になると、日本《にほん》の国土《こくど》も戦場《せんじょう》となった。アメリカの爆撃機《ばくげきき》がやってきて、日本《にほん》のあちこちの都市《とし》が空襲《くうしゅう》（空《そら》からの攻《こう》げき）をうけた。爆弾《ばくだん》がそれこそあられのようにふり、町《まち》は焼《や》かれ、たくさんの人《ひと》たちが亡《な》くなった。

そして昭和《しょうわ》二十年《ねん》（一九四五年《ねん》）、八月《がつ》十五日《にち》。長《なが》く、くるしかった戦争《せんそう》は、ようやく終《お》わった。

日本《にほん》は戦争《せんそう》に負《ま》けた。負《ま》けたというのは、すもうをとって負《ま》けたというような、そんななまやさしいものではない。家《いえ》も焼《や》かれ、着《き》るものも焼《や》かれ、みんなまるはだかになった。なによりつらかったのは、食《た》べるものがないことだった。ひもじくて、ひもじくて、だれもが、どうしたら食《た》べるものが手《て》に入《はい》るかと、そればかりを考《かんが》えた。

いや、「ひもじくて」といっても、いまのみんなには、わからないだろう。「ひもじい」というのは、おなかと背《せ》なかの皮《かわ》がくっつきそうになるくらい腹《はら》がへって、食《た》べるものをあさることだ。そんなかなしい時代《じだい》が、いま、みんなが暮《く》らす、この日本《にほん》にあったのだ。

そして、この戦争《せんそう》が終《お》って四年《ねん》がたったころ、この物語《ものがたり》ははじまるが、そのころも、食《た》べるものは充分《じゅうぶん》になかった。だから、タッチンとオトやんも、ひもじさからトマトをぬすもうとしたのだ。でも、たったひとついいことは、日本《にほん》が平和《へいわ》への道《みち》を歩《あゆ》みはじめたことだった。


さて物語《ものがたり》を進《すす》めよう。

小沢昭巳《おざわあきみ》先生《せんせい》が担任《たんにん》になったらなあ、と期待《きたい》したタッチンとオトやんの希望《きぼう》は、みごとにはずれた。でも、つぎの年《とし》、それはドンピシャでかなえられた。

昭和《しょうわ》二十五年《ねん》（一九五〇年《ねん》）、四月《がつ》――北国《きたぐに》の小学校《しょうがっこう》の校庭《こうてい》に、さくらのつぼみがふくらみはじめたころ、小沢《おざわ》先生《せんせい》は、五年《ねん》A組《ぐみ》の教室《きょうしつ》をうけもつことになった。

その日《ひ》、タッチンとオトやんは、朝《あさ》からそわそわおちつかなかった。なんてったって、トマト畑《ばたけ》であったあんちゃんが、自分《じぶん》たちの担任《たんにん》になったからだ。

「やあ、おはよう。みーんな、いい顔《かお》しとるな。先生《せんせい》も、いい顔《かお》しとるやろ」

五年《ねん》Ａ組《ぐみ》の教壇《きょうだん》に立《た》った小沢《おざわ》先生《せんせい》は二十歳《はたち》になったばかり。生徒《せいと》たちを、若々《わかわか》しいまなざしで見《み》まわした。

「あんれぇ、きみぃ、どっかであったな。うーん、どこやったかいな。うーん、ああ、そうや、思《おも》いだした、思《おも》いだした。去年《きょねん》の夏休《なつやす》みに、トマト畑《ばたけ》であったな。なあ、そうやろ」

「はい、トマト畑《ばたけ》で、オッちゃんにつかまりそうになったところを、たすけてもらいました」

いちばんまえの席《せき》の達彦《たつひこ》が、すっくと立《た》ちあがると、ぺこりとおじぎをした。

「ぼ、ぼくも、あぶないところを、たすけてもらいました」

五れつめの席《せき》の洋平《ようへい》も、直立不動《ちょくりつふどう》のしせいになった。だが、そのあとがいけなかった。ちょっぴり緊張《きんちょう》したせいか、洋平《ようへい》のお尻《しり》から、ブー、ブーッ、プスッ！

思《おも》いがけない音《おと》が発《はっ》せられた。みんながドッと笑《わら》い、洋平《ようへい》は顔《かお》を赤《あか》くして頭《あたま》をしきりにかいた。小沢《おざわ》先生《せんせい》も、おなかをかかえて笑《わら》っている。

「そうや、先生《せんせい》も、みんなへのあいさつがわりに、一発《ぱつ》、やってみるかな」

深呼吸《しんこきゅう》をした小沢《おざわ》先生《せんせい》は、うーんとおなかに力《ちから》を入《い》れた。

ブブーッ　ブー　ブブーッ!!

一発《ぱつ》どころか、もうれつなオナラの連発《れんぱつ》だった。

「ひぇーっ、先生《せんせい》、くさい、くさいぜ」

最前列《さいぜんれつ》の生徒《せいと》たちが鼻《はな》をつまみ、教室中《きょうしつじゅう》が笑《わら》いころげた。

「いんやぁ、ちょっとやりすぎてしもうたかなぁ。先生《せんせい》、よんべ（昨夜《ゆうべ》）サツマイモ、食《く》いすぎてしもうた」

ずり落《お》ちそうになっためがねを直《なお》すと、小沢《おざわ》先生《せんせい》は、頭《あたま》に手《て》をやって笑《わら》った。

「けどなぁ、みんなのなかで、屁《へ》ぇ、こかんやつおったら、手《て》ぇあげてみろ。ほら、おらんやろ、なあ、おらんやろ。

人間《にんげん》やもん、先生《せんせい》かて、みんなとおんなじや。人間《にんげん》はな、ひとり、ひとり、顔《かお》はちごうとるけど、することは、みんな、おんなじや。なあそうやないかぁ」

ケラケラ笑《わら》っていた五年《ねん》A組《ぐみ》は、この日《ひ》、『人間《にんげん》やもん、みんな、おんなじや』ということを、オトやんと先生《せんせい》のオナラで知《し》った。

それから、十日《とうか》ほどがたったお昼休《ひるやす》みのことだった。

五年《ねん》A組《ぐみ》は、コの字形《じがた》になった二階建《かいだ》て校舎《こうしゃ》の二階《かい》のはしっこにあった。男子《だんし》生徒《せいと》が、七、八人《にん》、教室《きょうしつ》の窓際《まどぎわ》でわいわい、いいあっていた。

「おまえ、ここから飛《と》べっかい!?」

「ふん、そんなもん、おちゃのこさいさいやがい」

負《ま》けん気《き》の強《つよ》い堀口勉《ほりぐちつとむ》は、すかさずこう返事《へんじ》をしてしまった。

「そんなら、はよう飛《と》びおりてみい！　ほーれ、やっぱし、飛《と》べんやないかぁ」

せんべい屋《や》の息子《むすこ》の弘光《ひろみつ》が、やんやとけしかけた。勉《つとむ》は、窓《まど》から下《した》を見《み》た。やっぱり、五年生《ねんせい》には高《たか》すぎる。よーし、と度胸《どきょう》を決《き》めてみるが、勉《つとむ》の足《あし》はふるえた。

「やーい、やーい、うそつき！　おまえ、キンタマ、ついとるがかあ。わーい、わーい!!」

弘光《ひろみつ》とその仲間《なかま》からはやしたてられ、勉《つとむ》は半《はん》べそをかいた。そこへ、小沢《おざわ》先生《せんせい》がやってきた。

「おまえら、なにさわいどるんかあ……。はーん、ここから飛《と》べっかいってことかあ。よっしゃ、ほんなら先生《せんせい》がひとつ、先《さき》に手本《てほん》を見《み》せてやるちゃあ」

先生《せんせい》は、二階《かい》の窓《まど》わくの上《うえ》で、半分《はんぶん》ほど腰《こし》をまげて立《た》った。そして、エーイッと気合《きあ》いもろとも飛《と》びおりた。窓《まど》から身《み》をのりだした男子生徒《だんしせいと》たちは、あっけにとられた。

「たいしたことないぞぉ。それっ、勇気《ゆうき》のあるやつは飛《と》びおりてみろ！」

下《した》から小沢先生《おざわせんせい》の声《こえ》がした。その声《こえ》にせかされ、勉《つとむ》のからだが宙《ちゅう》を舞《ま》った。それからタッチン、オトやんも飛《と》びおりた。いや、十五人《にん》くらいの男子生徒《だんしせいと》が、つぎつぎと飛《と》びおりた。それをながめる女子生徒《じょしせいと》たちは、てんでに声援《せいえん》を、おくった。

ふしぎなことに、だれもケガをしなかった。

からっぽになった教室《きょうしつ》

五月《がつ》も、半《はん》ぶんがすぎた。教室《きょうしつ》の窓《まど》から入《はい》ってくる風《かぜ》は、もう夏《なつ》のにおいをはこんでくる。

二時間《じかん》めは、国語《こくご》の時間《じかん》。きょうは、反対語《はんたいご》を漢字《かんじ》で書《か》く勉強《べんきょう》だ。

「これから三つの言葉《ことば》を書《か》くからな。その反対《はんたい》の意味《いみ》になる言葉《ことば》を考《かんが》えてみるんだ。となりの人《ひと》とそうだんしてもいいよ」

そういうと、小沢《おざわ》先生《せんせい》は、黒板《こくばん》に『戦争《せんそう》』、『成功《せいこう》』、『理想《りそう》』と、大《おお》きく書《か》いた。

「あんれえ、先生《せんせい》！　書《か》き順《じゅん》がでたらめやわ」

律子《りつこ》が立《た》ちあがると、かんだかい声《こえ》をあげた。

「ほんまや、でたらめや！」

律子《りつこ》のとなりの席《せき》の弘光《ひろみつ》が、とくいげな顔《かお》になった。たちまち、教室《きょうしつ》がさわがしくなった。

「そうかぁ、こうとちごうとったかいな」

「ちごう、ちごう、よっしゃ、おらが教《おし》えたるわ」

弘光《ひろみつ》が走《はし》りでてくると、イチ、ニィ、サンとかけ声《ごえ》をかけて、『戦争《せんそう》』という漢字《かんじ》を書《か》いた。

「ほう、よう知《し》っとるな。そんなら先生《せんせい》も、ちょっこし練習《れんしゅう》してみようかいな」

小沢先生《おざわせんせい》は、『戦争《せんそう》』という漢字《かんじ》を、百字以上《ひゃくじいじょう》もチョークで書《か》いた。

「いんやぁ、みんなのおかげで、先生《せんせい》な、いい勉強《べんきょう》になった。ほんま、勉強《べんきょう》になった」

黒板《こくばん》いっぱいの文字《もじ》をながめて、小沢先生《おざわせんせい》は、しきりにうなずいた。

三時間目《じかんめ》は、算数《さんすう》の時間《じかん》だ。

「まず……、はじめにだな。割《わ》り算《ざん》のかんたんな応用問題《おうようもんだい》をだすから、これぇ、まちがえた人《ひと》は、黒板消《こくばんけ》しでゴツンだぞ、いいなぁ」

小沢先生《おざわせんせい》は、黒板《こくばん》に問題《もんだい》を書《か》きはじめた。

「なんや、こんなのかんたんすぎるげぇ」

教室《きょうしつ》のあちこちから、そんな声《こえ》がひびいた。

「みんな、できたかな。よーし、これから先生《せんせい》が、この問題《もんだい》のとき方《かた》について説明《せつめい》するからね。うーん、これはだな、えーと、うーむ、うーん、つまりだね……」

黒板《こくばん》のまえで腕《うで》をくんだ小沢先生《おざわせんせい》は、じっーとうごかなくなった。

「あーあ、ほんま、ズッコケ先生《せんせい》やなぁ」

とうふ屋《や》の次男坊《じなんぼう》の健二《けんじ》が、ふーっとためいきをついた。

「うーん、こんなはずじゃなかったんだがな。ちょっとタイムだ。時間《じかん》をくれんかなぁ」

悪《わる》びれるどころか、まじめな顔《かお》で机《つくえ》にむかった小沢先生《おざわせんせい》は、教科書《きょうかしょ》とにらめっこをはじめた。教室《きょうしつ》はわいわい、がやがや、工場《こうじょう》みたいにさわがしくなった。でも先生《せんせい》は、そんなことに、おかまいなしだ。みけんにすじをたてて、真剣《しんけん》な目《め》つきで考《かんが》えこんでいる。そして、だいぶたってから、ポンと両手《りょうて》をたたいた。

「よし、わかったぞ！」

子《こ》どものように顔《かお》をほころばせた小沢先生《おざわせんせい》は、すっくと立《た》ちあがった。そのとたんに、三時間目《じかんめ》のおわりをつげる鐘《かね》がなった。

「やあ、すまなんだ、すまなんだ。先生《せんせい》、明日《あした》まで、徹夜《てつや》で勉強《べんきょう》してくるさかいな」

黒板消《こくばんけ》しで自分《じぶん》の頭《あたま》を、コツン、コツンとたたいて、小沢先生《おざわせんせい》は肩《かた》をすくめた。


こんなぐあいで、五年《ねん》A組《ぐみ》の授業《じゅぎょう》は、ときどきストップした。

雲《くも》ひとつない青空《あおぞら》が、ひろがる日《ひ》だった。二時間目《じかんめ》の社会《しゃかい》の授業《じゅぎょう》がはじまって、十分《ぷん》くらいがたったときだ。

「いやぁ、きょうは、天気《てんき》がいいのぉ。なんやらしらんけど、ねむとうなってくるなぁ」

教室《きょうしつ》の窓《まど》から外《そと》をながめた小沢先生《おざわせんせい》は、ひとりごとをつぶやくようにいった。

ボーッ　ボー　ブォーッ
港《みなと》から、貨物船《かもつせん》が出《で》てゆくところなのだろう。初夏《しょか》のかわいた空気《くうき》をふるわせて、汽笛《きてき》がひびいてくる。

「よーし、ちょっこし、山《やま》へでも行《い》ってくるか」

小沢先生《おざわせんせい》は、目《め》を輝《かがや》かせてみんなを見《み》まわした。それから五年《ねん》A組《ぐみ》は、教室《きょうしつ》をぬけだして、近《ちか》くの山《やま》をめざした。

能登《のと》半島《はんとう》につながる富山県《とやまけん》高岡市《たかおかし》は、古《ふる》くから銅器《どうき》やアルミの町《まち》として栄《さか》えた商《しょう》工業《こうぎょう》都市《とし》だ。この小学校《しょうがっこう》のある「町《まち》」は、高岡市《たかおかし》のはずれにあり、富山湾《とやまわん》に面《めん》する港町《みなとまち》だ。

そして、いまから千《せん》二百《ひゃく》七十年前《ねんまえ》の天平《てんぴょう》の昔《むかし》、越中国《こしのなかつくに》の国府《こくふ》が置《お》かれ、歴史《れきし》に大《おお》きな足《あし》あとが刻《きざ》まれた土地《とち》である。ちょっと話《はなし》はむずかしくなったが、日本《にほん》でいちばん古《ふる》い歌集《かしゅう》『万葉集《まんようしゅう》』の代表的《だいひょうてき》歌人《かじん》、大伴家持《おおとものやかもち》が国府《こくふ》（いまの県知事《けんちじ》）として、この土地《とち》で暮《く》らした。家持《やかもち》は、この北国《きたぐに》の自然《しぜん》を愛《あい》し、たくさんの歌《うた》をつくった。

そのため、いまも〝万葉《まんよう》のふるさと〟として知《し》られる町《まち》でもある。

その山《やま》は、学校《がっこう》から歩《ある》いて、三十分《ぷん》ほどのところにあった。二百《ひゃく》メートルくらいの高《たか》さの山《やま》だが、そのてっぺんからは港《みなと》はもちろん、はるかにひろがる富山湾《とやまわん》を見《み》おろすことができた。そしてこの山《やま》のあたりは、何万年《なんまんねん》もの昔《むかし》は、海《うみ》の底《そこ》だったといわれる。山《やま》を登《のぼ》る道《みち》でみんなは小《ちい》さな貝《かい》の化石《かせき》を見《み》つけた。

「先生《せんせい》、やっぱし、ここは大昔《おおむかし》、海《うみ》の底《そこ》やったんやなぁ」

健二《けんじ》が、貝《かい》の化石《かせき》を両手《りょうて》の上《うえ》でころがした。

「そのとおりや。何千万年《なんぜんまんねん》ものあいだにな、海《うみ》の底《そこ》がもちあがって、この山《やま》ができたんやな。ほれ、このがけのところ、見《み》てみろ。いちばん上《うえ》は砂《すな》の層《そう》で、二、三だんめの層《そう》は、石《いし》が砂《すな》にまじってならんどるやろ。川《かわ》から流《なが》れこんだ砂《すな》と石《いし》が、海《うみ》につもりつもったあとかもしれんな」

「ふーん、そんなら、あと一万年《まんねん》もたつと、この山《やま》は、雨《あめ》や風《かぜ》や雪《ゆき》にけずりとられてなくなるかもしれんね、先生《せんせい》」

頂上《ちょうじょう》から、ふるさとの町《まち》をながめる五十三人《にん》の生徒《せいと》の瞳《ひとみ》が、初夏《しょか》の風《かぜ》のなかで輝《かがや》いた。

それからというもの、天気《てんき》がいいと、五年《ねん》A組《ぐみ》は、教室《きょうしつ》をぬけだすようになった。

それを仕掛《しか》けているのは、担任《たんにん》の小沢《おざわ》先生《せんせい》である。

「課外授業《かがいじゅぎょう》というのも、悪《わる》いとはいわんがね。ああたびたびじゃ、ちょっと問題《もんだい》だねぇ。ものごとには、ほどほどということもあるから、小沢先生《おざわせんせい》、そこんところを考《かんが》えてくださいよ」

さすがに校長先生《こうちょうせんせい》も、やんわりと横《よこ》やりを入《い》れた。だが、小沢先生《おざわせんせい》は、まるで〝屁《へ》のかっぱ（気《き》にしないこと）〟だった。

「ほかのクラスの生徒《せいと》たちが、うらやましがっとるさかいな。目《め》だたんように、そっとぬけだせよ」

小沢先生《おざわせんせい》は、みんなにそうアドバイスさえした。

「よーし、みんな、音《おと》をたてるなぁ！」

タッチンとオトやんが先頭《せんとう》に立《た》つと、そのあとを、みんなが腰《こし》をかがめ、まるで金魚《きんぎょ》のうんこのようにつらなって、校外《こうがい》へ走《はし》りだした。こうして一週間《しゅうかん》に二、三回《かい》、授業《じゅぎょう》はとちゅうで脱線《だっせん》し、五年《ねん》A組《ぐみ》の教室《きょうしつ》は、からっぽになった。

ツツピー　ツツピー　ツツピー

雑木林《ぞうきばやし》から、シジュウカラの鳴《な》き声《ごえ》がする。

♪　りんごの花《はな》ほころび　川面《かわも》にかすみたち
　　きみなーき里《さと》にも　春《はる》はしのびよりぬ……

　シジュウカラに合《あ》わせるように、五年《ねん》A組《ぐみ》の生徒《せいと》たちは、胸《むね》いっぱいに山《やま》の空気《くうき》を吸《す》いこんで歌《うた》った。

（先生《せんせい》な、へたくそな授業《じゅぎょう》しかできんで、ほんま、すまんなあ。けどなあ、日本《にほん》はようやく平和《へいわ》になったんや。だから、勉強《べんきょう》もだいじやけど、先生《せんせい》な、みんなとな、気持《きも》ちをひとつにしたい……。おんなじ仲間《なかま》になりたいんや）

　いっしょに歌《うた》いながら、小沢先生《おざわせんせい》の目《め》から、なぜだか、なみだがあふれそうになった。

三十匹《ぴき》のいわし

西《にし》の空《そら》が、まっ赤《か》にそまっている。

学校《がっこう》からの帰《かえ》り道《みち》、自転車《じてんしゃ》を走《はし》らせると小沢《おざわ》先生《せんせい》は、S川《がわ》の河原《かわら》にやってきた。

草《くさ》の上《うえ》に、両手《りょうて》をのばして寝《ね》ころんだ。

(子《こ》どもたちから、ズッコケ先生《せんせい》やといわれてしもうた。いつになったら、うまく教《おし》えられるようになるんだろう。このままじゃ、お先《さき》はまっくらやなぁ)

なんだか、からだが小《ちい》さくなって、夕焼《ゆうや》け空《ぞら》に吸《す》いこまれそうな気《き》がした。ふりかえってみれば、もともと先生《せんせい》になりたくてなったのではない。

それは、一年前《ねんまえ》の春《はる》のことだた。春祭《はるまつ》りが近《ちか》づいて、町内《ちょうない》の青年団長《せいねんだんちょう》をひきうけていた小沢《おざわ》は、その準備《じゅんび》のための寄《よ》り合《あ》い（集会《しゅうかい》）に顔《かお》をだした。そのとき、だれがいうともなくこんな話《はなし》になった。

「小学校《しょうがっこう》で、先生《せんせい》がたらんで、こまっとるがやと。なんとかせにゃいかんいうて、校長《こうちょう》が走《はし》りまわっとるちゅうことや」

そこに集《あつ》まった人《ひと》たちが、みんな「こまったことだなぁ」という顔《かお》をした。すると、小沢《おざわ》の口《くち》からひとりでにこんな言葉《ことば》がついてでた。

「おらぁ、ひとつ、先生《せんせい》になって……みるかなぁ」

ほんの冗談《じょうだん》でいったつもりだった。ところが、それは冗談《じょうだん》ではなくなった。

「ほんまや、小沢《おざわ》のあんちゃん、忘《わす》れとったがい。いやぁ、こんなところに、先生《せんせい》になる人《ひと》がおること、すっかり忘《わす》れとったがい」

町内《ちょうない》の人《ひと》たちから、わいわいおだてられ、もはやひっこみがつかなくなった。こうして小沢青年《おざわせいねん》は、あれよ、あれよというちに、小学校《しょうがっこう》の先生《せんせい》になった。でも、小沢先生《おざわせんせい》は、工業専門学校《こうぎょうせんもんがっこう》は出《で》ているが、小学校《しょうがっこう》の教師《きょうし》の免許状《めんきょじょう》はなかった。しかしこのころは、先生《せんせい》がたりない時代《じだい》だった。だから「先生《せんせい》、おらんけぇ、先生《せんせい》やーい！」と、おがみたおされたのだった。そんなわけで、小沢《おざわ》先生《せんせい》が、授業《じゅぎょう》がへたくそだとなげくのも、まあ、しかたがないことだった。

（けどなぁ、やっぱり、このままじゃいかん。このままじゃ、子《こ》どもたちを、うらぎってしまうことになる。ようやく、平和《へいわ》な時代《じだい》になったんだ。新《あたら》しい時代《じだい》をになってゆく子《こ》どもたちに、なにかをあたえられる先生《せんせい》にならんといかん……）

じれったいくらいの思《おも》いが、小沢《おざわ》先生《せんせい》の若《わか》い胸《むね》のなかでふくらんだ。夕日《ゆうひ》をあびて、川《かわ》はオレンジ色《いろ》に輝《かがや》きながら、静《しず》かに流《なが》れている。小沢《おざわ》先生《せんせい》は、小石《こいし》をひろうと、思《おも》いっきり川《かわ》に向《む》かって投《な》げた。

校庭《こうてい》の生《い》け垣《がき》に、あじさいが、水色《みずいろ》のくすだまをならべたように咲《さ》いている。

昼食《ちゅうしょく》のあと、四時間《じかん》めは「体育《たいいく》」だった。

リレー競争《きょうそう》でグループにわかれて、グラウンドを思《おも》いっきり走《はし》りまわった。教室《きょうしつ》にもどってくると、みんな、ぐったりとなった。

「先生《せんせい》、腹《はら》へったぁ〜。腹《はら》の皮《かわ》が背《せ》なかとくっつきそうや」

机《つくえ》につっぷした勉《つとむ》が、とろんとした目《め》でうったえた。

「おらも、腹《はら》へったぁ〜」

教室《きょうしつ》のあちこちから、そんな声《こえ》が起《お》こった。このころ、人《ひと》びとの生活《せいかつ》は、だんだんよくなりつつあったが、まだ食《た》べ物《もの》は不足《ふそく》していた。子《こ》どもたちは、ひもじさをかかえて登校《とうこう》していた。

昭和《しょうわ》二十五年《ねん》（一九五〇年《ねん》）の春《はる》ごろから、全国《ぜんこく》の小学校《しょうがっこう》で給食《きゅうしょく》がはじまった。けれど、それは小《ちい》さなコッペパンと味噌汁《みそしる》だけという、いまのみんなが、そうぞうもできないような、貧《まず》しい給食《きゅうしょく》だった。だから、おなかがグゥッとなるのは、無理《むり》もないことだった。

「うーん、先生《せんせい》も、腹《はら》の皮《かわ》がくっつきそうや。腹《はら》がへっては、戦《いくさ》もできん、というもんな」

ひとりごとをいってから、小沢《おざわ》先生《せんせい》は、ポンと両手《りょうて》を小《ちい》さく打《う》った。

「みんな、先生《せんせい》な、ちょっと急用《きゅうよう》を思《おも》いついた。じきにもどってくるさかい、ちゃーんと、自習《じしゅう》しとれよぉ」

そういうと、小沢《おざわ》先生《せんせい》は、そそくさと教室《きょうしつ》から飛《と》びだした。学校《がっこう》の自転車《じてんしゃ》に乗《の》ると、校門《こうもん》をあとにした。その先生《せんせい》の頭《あたま》のなかに浮《う》かんでいるのは、今朝《けさ》の新聞《しんぶん》に入《はい》っていたチラシ広告《こうこく》だった。

《いわし、大漁《たいりょう》、大安売《おおやすう》り!!》

「いわし、いわし、いわしの大漁《たいりょう》だ!」

先生《せんせい》はぶつぶついいながら、魚屋《さかなや》の店先《みせさき》で自転車《じてんしゃ》を止《と》めた。それから、いわしを三十匹《ぴき》ほど買《か》った。

「先生《せんせい》、いったい、どうしたがけぇ!!」

魚屋《さかなや》のおじさんが、けげんな顔《かお》を向《む》けた。

先生《せんせい》は、急《いそ》いでペダルをふむと、自分《じぶん》の家《いえ》に寄《よ》って、七輪《しちりん》を持《も》ちだすと、自転車《じてんしゃ》のうしろにくくりつけた。七輪《しちりん》というのは、土《つち》でつくられたコンロで、昔《むかし》はこれで野菜《やさい》を煮《に》たり、魚《さかな》を焼《や》いたりしたのだった。

「大安売《おおやすう》りのいわしだ、いわしだ！」

猛《もう》スピードで自転車《じてんしゃ》を走《はし》らせると、先生《せんせい》は息《いき》をはずませて学校《がっこう》へひき返《かえ》した。

理科室《りかしつ》にぬき足《あし》、さし足《あし》でしのびこんだ。そして七輪《しちりん》に炭《すみ》を入《い》れて火《ひ》を起《お》こし、買《か》ってきたばかりのいわしを焼《や》きはじめた。たちまち、理科室《りかしつ》に、もうもうと煙《けむり》がたちのぼった。

（いやぁ、これは、まずい、まずい）

小沢先生《おざわせんせい》は窓《まど》をしめ、そのうえ黒《くろ》いカーテンをひいた。

「これなら、見《み》つかりっこあるまい」

煙《けむり》にむせびながら、先生《せんせい》は、いわしたちが、こんがりと焼《や》けるのを待《ま》った。

そのころ、五年《ねん》A組《ぐみ》の生徒《せいと》たちは、だんだん不安《ふあん》になってきた。もう一時間《じかん》ほどがたつのに、小沢先生《おざわせんせい》はもどってこない。

「先生《せんせい》、どこへ行《い》ったがやろう」

律子《りつこ》たち、女《おんな》の子《こ》が四、五人《にん》、窓《まど》から外《そと》をながめて、先生《せんせい》の姿《すがた》をさがした。そこへ、まるでどろぼうのように腰《こし》をかがめて、小沢《おざわ》先生《せんせい》がやってきた。

「いやぁ、待《ま》たせて悪《わる》かった、悪《わる》かった」

黒板《こくばん》のまえの机《つくえ》の上《うえ》に、先生《せんせい》は、新聞紙《しんぶんし》につつんだものを、だいじそうに置《お》いた。その先生《せんせい》の顔《かお》は、まっくろけのけ。みんなきょとんとなって、先生《せんせい》を見《み》つめた。

「みんな、こんなかに、なにが入《はい》ってると思《おも》うかぁ。さーて、お楽《たの》しみ、お楽《たの》しみぃ」

小沢《おざわ》先生《せんせい》は、おもむろに新聞紙《しんぶんし》のつつみをあけた。こうばしいにおいが、教室《きょうしつ》いっぱいにたちこめた。

「ひやぁ、すっげぇぞ、先生《せんせい》、それぇ、どっからかっぱらってきたんや」

たちあがったオトやんが、目《め》をまるくして叫《さけ》んだ。

「先生《せんせい》な、ひとっ走《ぱし》りして、そこの浜《はま》でな、釣《つ》ってきたとこや」

「ほ、ほんまか、先生《せんせい》、すっげぇな」

達彦《たつひこ》も弘光《ひろみつ》も健二《けんじ》も、目《め》をまるくした。それから先生《せんせい》は、ナイフで三十匹《ぴき》のいわしを、はんぶんこにした。

「ほーら、焼《や》きたてだからうまいぞぉ」

新聞紙《しんぶんし》をちぎると、先生《せんせい》はそれに半切《はんき》れずつのいわしをのせ、五十三人《にん》の生徒《せいと》たちに配《くば》った。

「さあ、食《た》べろ、食《た》べろ、えんりょせんでいいぞ」

先生《せんせい》は、いわしをほおばる生徒《せいと》たちを、にこやかな笑顔《えがお》で見《み》わたした。

「どうだ、うまいかぁ、そうか、そうか……。先生《せんせい》な、おまえたちに、もっともっとうまいものをごちそうしてやりたいけど、こんなことしかできん。

でもな、いわしを食《た》べられるのは、しあわせなことなんだぞ。このいわしの、この味《あじ》をな、みーんな、よう覚《おぼ》えとけぇ。いまにな、日本《にほん》は、きっと、きっと、いい国《くに》になるさかい、なぁ……」

煙《けむり》でまっ黒《くろ》になった顔《かお》をほころばせて、小沢先生《おざわせんせい》は、みんなの顔《かお》を見《み》つめつづけた。

割《わ》れた窓《まど》ガラス

二学期《がっき》がはじまって、三日《みっか》ほどがたった日《ひ》のことだった。五年《ねん》A組《ぐみ》に、ちょっとした事件《じけん》が起《お》きた。

三時間《じかん》めは、家庭科《かていか》だった。その日《ひ》は、てんでに家《いえ》から持《も》ちよった布《ぬの》きれで、小《ちい》さなふくろをつくることになった。この家庭科《かていか》の授業《じゅぎょう》だけは、小沢《おざわ》先生《せんせい》が教《おし》えるのは無理《むり》だった。受《う》け持《も》つのは、四十歳《さい》くらいのおなご先生《せんせい》（女性教師《じょせいきょうし》）だった。

細《ほそ》ぶちのめがねをかけたおなご先生《せんせい》は、いつもツンとすまして、ちょっとでもうるさくしようものなら、

「だれですか、よそみしてるのは！」

と、頭《あたま》のてっぺんからヒステリックな声《こえ》を発《はっ》して、ものさしで黒板《こくばん》をパン、パンとたたくのだった。

「あの、くっそババァ〜、まーた、キツネみたいに、目《め》ん玉《たま》つりあげとるがい」

「ほんまや、あの顔《かお》、見《み》るだけで、腹《はら》んなかぁ、むかむかする」

うしろの席《せき》で、健二《けんじ》と勉《つとむ》がひそひそ話《ばなし》をしながら、うつむいてぺろりと舌《した》をだした。

そのときだった。

ガシャーン!!

とつぜん、すごい音《おと》がして、教室《きょうしつ》の窓《まど》ガラスが一枚《まい》、粉々《こなごな》に割《わ》れて飛《と》びちった。

みんながいっせいに立《た》ちあがって、窓《まど》のほうを見《み》た。

「まあ、な、なんてことを……。だれ、だれですか？　さあ、まえへでなさい、早《はや》く！」

あわてふためいたおなご先生《せんせい》は、目《め》をひきつらせた。教壇《きょうだん》のまえにすすみでたのは、石黒睦子《いしぐろむつこ》だった。

「石黒《いしぐろ》さん、あんた、自分《じぶん》のやったことわかってるんでしょうね。いまは、物《もの》が不足《ふそく》している時代《じだい》なのよ。ガラスは、とくに貴重品《きちょうひん》です。それをこんなにしてしまうなんて、いったい、どうするつもりなの。ボヤーッとしてよけいなことばっかり考《かんが》えていたんでしょ」

おなご先生《せんせい》のキンキン声《こえ》が、睦子《むつこ》の頭《あたま》の上《うえ》でひびいた。睦子《むつこ》は、口《くち》をとんがらせたまま、先生《せんせい》をにらみつけている。

「まあ、なによ、その恐《おそ》ろしい目《め》ぇ。たいせつなガラス割《わ》っといて、まだ文句《もんく》があんの。なんてふてぶてしい子《こ》なんでしょ」

おなご先生《せんせい》は、目尻《めじり》をひくひくさせた。


ガラスを割《わ》ったことは認《みと》めるが、睦子《むつこ》にはいいぶんがあった。睦子《むつこ》はクラスの女《おんな》の子《こ》たちのなかでも、いちばんからだが大《おお》きかった。ものさしで布《ぬの》きれの寸法《すんぽう》をはかろうとしたら、となりの席《せき》の友《とも》だちとぶつかって、うまくいかなかった。

「むっちゃん、もうちょっとどいてよ」

そういわれて、睦子《むつこ》は、からだを横《よこ》にずらした。そのとき、なんの気《き》なしに、ものさしをふりあげてしまったのである。まさか、ガラスが割《わ》れるとは、思《おも》いもよらないことだった。おなご先生《せんせい》の怒《いか》りは、なかなかおさまりそうもない。睦子《むつこ》は、くやし涙《なみだ》を見《み》せまいとけんめいにこらえている……。すると、勉《つとむ》が教室《きょうしつ》をぬけ出《だ》して、職員室《しょくいんしつ》へかけこんだ。

「先生《せんせい》、石黒《いしぐろ》さんが、ガ、ガラス割《わ》って……、ひどい怒《おこ》られとるぅ」

その声《こえ》で小沢《おざわ》先生《せんせい》は、すっ飛《と》ぶように教室《きょうしつ》へやってきた。そして、立《た》たされている睦子《むつこ》に走《はし》りよった。

「おい、ケガはせんだか、だいじょうぶか!! おお、よかった、よかった。みんなも、ケガしとらんなぁ、よかった、よかった」

睦子《むつこ》の頭《あたま》をなでながら、小沢《おざわ》先生《せんせい》は、ほっとした顔《かお》になった。それから小沢《おざわ》先生《せんせい》は、目《め》をつりあげているおなご先生《せんせい》のほうを向《む》いた。

「子《こ》どもがガラスを割《わ》ったとさわぐまえに、ケガしてるかどうか、先《さき》に見《み》てやるのが教師《きょうし》のつとめじゃないですか。ガラスの一枚《まい》くらいでカッカして、子《こ》どものからだのことを忘《わす》れとるなんて、とんでもないことや。

ガラスの一枚《まい》や二枚《まい》、なんや。そんなもん、わしがちゃんと弁償《べんしょう》してやるわい」

小沢《おざわ》先生《せんせい》は、いまにも、おなご先生《せんせい》につかみかかりそうになった。その日《ひ》、五年《ねん》A組《ぐみ》の生徒《せいと》たちは、心《こころ》のなかで思《おも》いっきり拍手《はくしゅ》をした。


北国《きたぐに》の秋《あき》は、かけ足《あし》で深《ふか》くなってゆく、十月《がつ》、最後《さいご》の土曜日《どようび》だ。

「きょうの国語《こくご》は、作文《さくぶん》だそぉ。ノートに好《す》きなだけ書《か》くんだよ」

小沢《おざわ》先生《せんせい》は、黒板《こくばん》に「なんでやろ」と書《か》いた。

「〝なんでやろ〟って、それぇ、作文《さくぶん》の題名《だいめい》けぇ。おかしな題《だい》やなぁ」

俊介《しゅんすけ》が、大《おお》きな声《こえ》でいった。俊介《しゅんすけ》は、作文《さくぶん》がとくいだ。

「いやぁ、〝なんでやろ〟いうのは、先生《せんせい》もよくわからんから、〝なんでやろ〟です」

小沢《おざわ》先生《せんせい》がまじめな顔《かお》をしていったので、みんな大笑《おおわら》いした。

「うーん、みんながね、毎日《まいにち》、へんだなぁと思《おも》ってることを、なんでもいいから、思《おも》ったとおりに書《か》いてみるんだ。題《だい》はね、べつにつけていいよぉ」

しばらく教室《きょうしつ》はさわがしかったが、みんなは鉛筆《えんぴつ》をなめながら書《か》いた。そして、こんな作文《さくぶん》ができあがった。

けんか

河西俊介《かわにししゅんすけ》

きのうのひる、大橋《おおはし》くんとぼくと、けんかをしました。ぼくは、鼻血《はなぢ》をだされて泣《な》きました。ぼくはくやしいので、鼻血《はなぢ》をくっつけてやった。大橋《おおはし》くんとぼくは、先生《せんせい》にろうやにいれられました。みんながのぞいていました。

ろうやのなかへはいったら、ぼくと大橋《おおはし》くんは、なかよくなりました。先生《せんせい》が、

「もうなかよくなったか」

といいました。さっき、鼻血《はなぢ》までだされたのに、なんですぐになかよくなるんやろうと、とてもふしぎでした。

お金《かね》

三輪《みわ》昌子《しょうこ》

このごろ、おまつり、運動会《うんどうかい》、遠足《えんそく》とつづいているので、お金《かね》ばっかりつこう。貯金《ちょきん》しようと思《おも》って、五十円《えん》ためたけど、それも、ほんとはお父《とう》さんのお金《かね》だ。お父《とう》さんが給《きゅう》りょうもろうてこられても、わたしや弟《おとうと》たちのふくをこうたらなくなる。

なんで、うちには、お金《かね》がたまらんがやろと、おかあさんはいつもぶつぶついっている。

タッチンこと宮崎《みやざき》達彦《たつひこ》は、「杉山《すぎやま》のじっちゃん」という作文《さくぶん》を書《か》いた。

杉山《すぎやま》のじっちゃんが、いつも竹《たけ》のつえをついて通《とお》っていきます。うちのまえを通《とお》るたびに、静江《しずえ》ちゃんたちが「こじき、こじき」といいます。ぼくはそういうとき、いつも「静江《しずえ》、なにいうとるがいね」と、しかります。ぼくは、きのどくでなりません。

こないだ、学校《がっこう》の近《ちか》くの公園《こうえん》のこしかけに、じっちゃんがすわっていたら、みんなが「あ、こじきや、こじきやぜ」といってじろじろながめていました。じっちゃんは、耳《みみ》がとおいのか、しらん顔《かお》して、口《くち》をもぐもぐさせてだまっていました。ぼくは、そのたびに、おまえらがこじきになったら、いうてやると、心《こころ》のなかでさけびます。

でも、いまぼくは、まだ子《こ》どもだから、どうすることもできない。ただ、かわいそうに見《み》ているだけです。みんなが、あのじっちゃんに、なんで冷《つめ》たいのやろうと思《おも》うと、ぼくは、涙《なみだ》がこぼれそうになります。

みんなが、いっしょうけんめいに書《か》いた「なんでやろ」の作文《さくぶん》は、小沢《おざわ》先生《せんせい》の胸《むね》をあつくした。先生《せんせい》はそれを謄写版《とうしゃばん》で印刷《いんさつ》して、一冊《さつ》の文集《ぶんしゅう》にした。その表紙《ひょうし》には、五年《ねん》A組《ぐみ》の生徒《せいと》たちの顔《かお》や、動物《どうぶつ》をかいた。そして文集《ぶんしゅう》のタイトルは『ゆりかご』とつけられた。

人《ひと》ぎらいの秘密《ひみつ》

「タッちゃん、これぇ、杉山《すぎやま》のじっちゃんに、届《とど》けてあげてんかぁ。きっと、よろこぶさかいに」

半年《はんとし》まえの風《かぜ》の強《つよ》い日《ひ》だった。夕《ゆう》ぐれ、ばあちゃんにたのまれて、達彦《たつひこ》は、杉山《すぎやま》のじっちゃんのところに届《とど》けものをした。ばあちゃんのいなかから、じゃがいもを送《おく》ってきたからだ。じっちゃんの家《いえ》は、達彦《たつひこ》のうちのはす向《む》かいの細《ほそ》い道《みち》を入《はい》ったところにある。達彦《たつひこ》の家《いえ》もおんぼろだったが、じっちゃんのうちは、まえのめりにかたむいて、もっとみずぼらしかった。じっちゃんは、ひとり暮《ぐ》らしだ。

「こんばんは、じっちゃん、これえ、持《も》ってきたぁ」

いまにもこわれそうな玄関《げんかん》の戸《と》をあけると、いきなり茶色《ちゃいろ》の犬《いぬ》がとびついてきた。そして、右足《みぎあし》をひきずって、背中《せなか》をかがめたじっちゃんが、ゆうれいのような顔《かお》をしてでてきた。

「なんや、宮崎《みやざき》のばあちゃんとこの坊主《ぼうず》かぁ」

じっちゃんは、ぶあいそうな感《かん》じでいうと、そのままおしだまった。なんだか、取《と》りつくしまもない様子《ようす》だ。

(おっかしなジジイやな。せっかく届《とど》けもんしたのに、ありがとうぐらい、いえばいいがいいに)

達彦《たつひこ》は、なにかが胸《むね》につかえたような気持《きも》ちだった。

達彦《たつひこ》は、古《ふる》い平屋《ひらや》建《だ》ての家《いえ》で、祖母《そぼ》と二人《ふたり》で暮《く》らしている。

どうして祖母《そぼ》と二人《ふたり》っきりかというと、達彦《たつひこ》が三歳《さい》のとき、お父《とう》さんとお母《かあ》さんが、離婚《りこん》してしまったからだ。両親《りょうしん》からの連《れん》らくはとだえてしまい、母方《ははがた》の祖母《そぼ》が達彦《たつひこ》をひきとって、母親代《ははおやが》わりとなって育《そだ》ててきた。

ばあちゃんは、昼《ひる》は港《みなと》にある食堂《しょくどう》で、食器洗《しょっきあら》いのパートの仕事《しごと》をしている。そして夜《よる》は、洋服《ようふく》のボタンつけの内職《ないしょく》をし、近所《きんじょ》の人《ひと》がみんな感心《かんしん》するほど、せっせと働《はたら》いた。そんなばあちゃんを、達彦《たつひこ》は大好《だいす》きだった。

「いんやぁ、おそうなったね。さあ、はよう食《た》べよう」

ばあちゃんが、塩《しお》じゃけと味噌汁《みそしる》を、まるいちゃぶだいにならべた。外《そと》では、春《はる》の嵐《あらし》が吹《ふ》き荒《あ》れている。

「杉山《すぎやま》のじっちゃん、なんかしらんけど、へんな人《ひと》やなぁ」

「へんな人《ひと》って、どういうことかいね」

「うーん、よう説明《せつめい》できんけど、あのじっちゃん、こわーい感《かん》じがして、うすきみ悪《わる》いちゃ」

「やっぱし、達彦《たつひこ》もそう思《おも》うたか」

味噌汁《みそしる》をすすってから、ばあちゃんが苦笑《にがわら》いした。

「ばあちゃんもな、なんどおうてもそう思《おも》う。なんでもな、あのじっちゃん、えらい人《ひと》ぎらいやということや」

「人《ひと》ぎらい⁉」

「そうや、あのな、めったに人《ひと》と口《くち》をきかんがやと。さいさかい、近所《きんじょ》づきあいもほとんどせんから、みんなからけむたがられとる」

「ふーん、人《ひと》ぎらい……、人《ひと》ぎらいかぁ⁉」

「そうや、じっちゃんの話《はな》し相手《あいて》は、かわいがってる犬《いぬ》のタローだけながやと」

「ふーん……⁉」

はしを持《も》つ手《て》をとめて、達彦《たつひこ》は、ちょっぴりもの思《おも》いにふける顔《かお》になった。


杉山《すぎやま》のじっちゃんは、朝《あさ》と昼《ひる》、そして夕方《ゆうがた》と、最低《さいてい》でも一日《にち》に三回《かい》は、タローをつれて散歩《さんぽ》をする。人《ひと》づきあいをしないじっちゃんは、町《まち》の人《ひと》たちから〝犬《いぬ》のじいさん〟と呼《よ》ばれていた。いや、子《こ》どもたちは「こじき、こじき」と、はやしたてた。そんなじっちゃんを見《み》かけるたびに、達彦《たつひこ》の胸《むね》は悲《かな》しくなった。

人《ひと》ぎらいの秘密《ひみつ》を聞《き》いてみたい——そう思《おも》ったが、なんだか近寄《ちかよ》りがたくて、勇気《ゆうき》もでなかった。

小学《しょうがく》五年生《ねんせい》の夏休《なつやす》みがはじまって、十日《とうか》あまりがたった日《ひ》のことだった。ばあちゃんにいわれて、とうふ屋《や》に行《い》った帰《かえ》り道《みち》、達彦《たつひこ》は、いつも通《とお》る原《はら》っぱを、自転車《じてんしゃ》で走《はし》りぬけようとした。

夕日《ゆうひ》は沈《しず》みかけようとしているが、夏《なつ》の日《ひ》は、暮《く》れそうで暮《く》れない。原《はら》っぱの出口《でぐち》にさしかかったときだ。いちょうの木《き》の下《した》で、クウクゥと犬《いぬ》の鳴《な》き声《ごえ》がした。

(あれっ、だれか、たおれてる⁉)

あわてて自転車《じてんしゃ》をとめると、達彦《たつひこ》はいちょうの木《き》のそばへかけよった。

「じっちゃん、どうしたがけぇ！」

達彦《たつひこ》は、じっちゃんの肩《かた》をゆすった。杉山《すぎやま》のじっちゃんは、地面《じめん》につっぷしたまま、うごかない。

「じっちゃん、じっちゃん、しっかりせんかあ！」

こんどは、じっちゃんのほっぺたをたたいて叫《さけ》んだ。タローがしきりに鳴《な》いて、じっちゃんにすりよっている。すると、ううーっと低《ひく》い声《こえ》をだして、じっちゃんが、ようやく目《め》をあけた。

「気《き》いついてよかった、よかった。ぼく、うちまで送《おく》ってくちゃ」

夕暮《ゆうぐ》れの道《みち》を、達彦《たつひこ》がゆっくりと自転車《じてんしゃ》を押《お》して歩《ある》きだした。じっちゃんは、自転車《じてんしゃ》のうしろにつかまりながら歩《ある》いた。タローが、しっぽをふって追《お》いかけてきた。

達彦《たつひこ》とじっちゃんが、言葉《ことば》をかわすようになったのは、それからである。夏休《なつやす》み、達彦《たつひこ》は、なんとはなしにじっちゃんの家《いえ》へ立《た》ちよった。

「タッちゃんも、えらいもの好《ず》きやな。あんなじっちゃんのどこがいいがけ」

ばあちゃんが、ふしぎでならないとくびをかしげた。

「さいけど、じっちゃんのとこのな、タロー、あれぇ、ほんま、かわいいもん」

達彦《たつひこ》はそういったが、ほんとのところは、じっちゃんの〝人《ひと》ぎらいの秘密《ひみつ》〟を、知《し》りたかったからである。

『杉山《すぎやま》のじっちゃん』という作文《さくぶん》を書《か》いて、三日《みっか》がたった日曜日《にちようび》のお昼過《ひるす》ぎ、達彦《たつひこ》はじっちゃんをたずねた。タローをつれて、S川《がわ》のほとりへ、散歩《さんぽ》する約束《やくそく》をしていたからだ。

二、三日《にち》まえの大雨《おおあめ》で、川《かわ》はぐんと水《みず》かさを増《ま》していた。釣《つ》りをしたあと、草《くさ》っぱらにすわって川《かわ》をながめた。

「タッちゃん、まえから聞《き》こうと思《おも》うとったがやけど……、なんで、このわしに親切《しんせつ》にしてくれるんや」

とつぜん、じっちゃんがつぶやくようにいった。

「なんでいうたかて、べつにわけなんかない。うちには、ばあちゃんしかおらんさかいや」

「そうか、そうやったなぁ」

「じっちゃん、子《こ》どもはおらんのかぁ」

小石《こいし》をひろって投《な》げながら、達彦《たつひこ》が聞《き》いた。じっちゃんは、すぐには返事《へんじ》をしなかった。

「かんにんな、よけいなこというたぁ」

「いやぁ、いいんや。わしには、息子《むすこ》がいたけどな、とうに死《し》んでしもうた」

「なんでぇ……、死《し》んだん!?」

「いやな……、わしが……、殺《ころ》したようなもんや」

達彦《たつひこ》は、ドキッとなった。それからじっちゃんは、ポツリ、ポツリと昔話《むかしばなし》でもするように、息子《むすこ》のことを話《はな》しだした。

「もう四十年《ねん》もまえのことや。うーむ、わしが三十五ぐらいじゃな。そんころ、郷里《きょうり》のな、秋田《あきた》の山奥《やまおく》で炭焼《すみや》きの仕事《しごと》しとった……。

女房《にょうぼう》と二人《ふたり》で、朝《あさ》から晩《ばん》まで、まっくろけになって働《はたら》いた。そやけど、いっくら働《はたら》いても暮《く》らしは楽《らく》にならん。もう、その日《ひ》な、食《た》べていくのがせいいっぱいやった……」

ひとり息子《むすこ》が、満《まん》五歳《さい》になった冬《ふゆ》のことだった。風邪《かぜ》をこじらせて高《たか》い熱《ねつ》をだした。けれどその当時《とうじ》、雪深《ゆきふか》い山奥《やまおく》の村《むら》には、医者《いしゃ》は一人《ひとり》もいなかった。

「町《まち》の病院《びょういん》へ行《い》こうにも、おカネがない。外《そと》の雪《ゆき》でな、ひたいやからだを冷《ひ》やしてやるしかなかった……。けどな、熱《ねつ》は三日《みっか》たってもひかんで、息子《むすこ》のからだがけいれんを起《お》こすようになってな、目《め》ん玉《たま》がしんだようになった……」

じっちゃんは息子《むすこ》を背《せ》おうと、吹雪《ふぶき》の山道《やまみち》を、町《まち》の病院《びょういん》をめざして三時間《じかん》も走《はし》った。

「けんど、ようやっと病院《びょういん》についたとき……、息子《むすこ》はな、背《せ》なかで冷《つめ》とうなっとった。悲《かな》しいというよりな、わしは、なんと人《ひと》でなしなんかと思《おも》うた。

もっとはよう、病院《びょういん》へ走《はし》ればよかった……。けど……、そうせんかったわしは、息子《むす》《こ》をな、殺《ころ》してしもうたんや」

じっちゃんは、鼻《はな》をすすりあげた。夕《ゆう》やみが少《すこ》しずつ色《いろ》をこくして、川《かわ》の流《なが》れる音《おと》だけが時《とき》を刻《きざ》んでいる。達彦《たつひこ》は、なんにもいえなくなった。じっちゃんの、胸《むね》の底《そこ》にある悲《かな》しみや後悔《こうかい》が、どれほど深《ふか》いものかわからないが、人《ひと》ぎらいになった秘密《ひみつ》が、ほんの少《すこ》しだけ見《み》えたような気《き》がした。

「なんや、しょうもないこと話《はな》してしもうたな。ハハハハ、タッちゃん、忘《わす》れてやぁ、ジジイの昔話《むかしばなし》やさかい」

「いやぁ、じっちゃんがこんなにようけしゃべったのは、はじめてとちごうか」

「タッちゃん、あのな」

「なんや、じっちゃん」

「人間《にんげん》、先《さき》のことは誰《だれ》にもわからんけどな、こうしようと思《おも》うたことは、すぐにやってみんとあかんぞ。やらんともたもたしとったら、最後《さいご》にな、人《ひと》でなしになってしまうさかいな」

夕日《ゆうひ》が、川面《かわも》をオレンジ色《いろ》に染《そ》めている。

「そんなら、帰《かえ》ろか」

じっちゃんが、立《た》ちあがった。タローがとくいげな顔《かお》で、先頭《せんとう》を歩《ある》きだした。

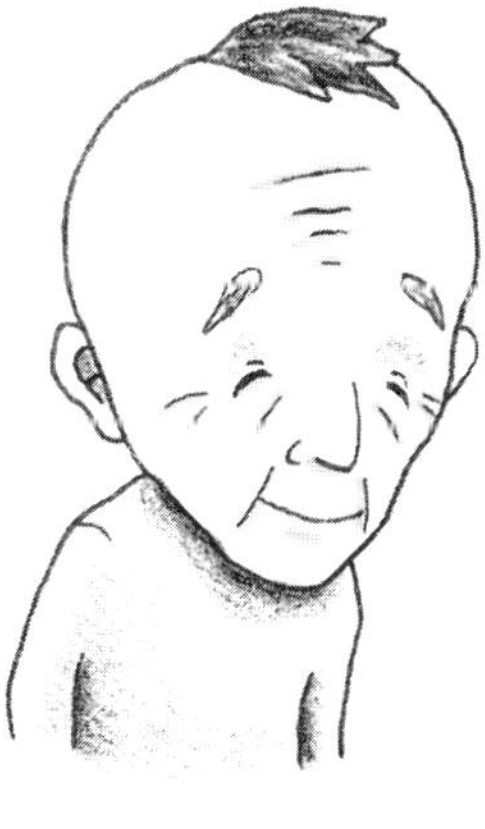

やってきた転校生《てんこうせい》

杉山《すぎやま》のじっちゃんから聞《き》いた話《はなし》は、達彦《たつひこ》の胸《むね》にあつくしみこんだ。つぎの作文《さくぶん》の時間《じかん》に、達彦《たつひこ》はこう書《か》いた。

《杉山《すぎやま》のじっちゃんを見《み》ていると、ぼくはインドのマハトマ・ガンジーという人《ひと》を思《おも》いだしました。ガンジーのちいさい時《とき》のことです。こじきの老人《ろうじん》が、水《みず》を飲《の》もうとしているところへ、おとなたちがやってきて「この水《みず》は、おまえが飲《の》む水《みず》じゃない」といって、追《お》いはらいました。

そこへガンジーがきて、飲《の》ませてあげたことを思《おも》いだしました。ぼくは、いつかそういうことをしてあげたいと思《おも》います。このまえ、じっちゃんは、いいズボンをはいていました。ぼくはそれを見《み》て、「なさけ深《ぶか》い人《ひと》が、よぼよぼ歩《ある》いてるじっちゃんにくれたのかなぁ」と思《おも》いました。

ぼくは、みちみちよく考《かんが》える。どんなにお金持《かねも》ちでも、えらい人《ひと》でも、なさけ深《ぶか》い人《ひと》になったら、いいと思《おも》う。マハトマ・ガンジーも、きっとそういう人《ひと》だったんだろうと思《おも》います。ぼくがもっとおおきくなったら、そういう人《ひと》になって、みんなが幸福《こうふく》な生活《せいかつ》ができるようにしたいと思《おも》います。》

小沢《おざわ》先生《せんせい》がはじめた文集《ぶんしゅう》『ゆりかご』は、三冊《さつ》めを数《かぞ》えた。五年《ねん》A組《くみ》の子《こ》どもたちの心《こころ》のなかに自分《じぶん》を見《み》つめ、身《み》のまわりを見《み》つめる芽《め》が育《そだ》っている。小沢《おざわ》先生《せんせい》は、それがうれしかった。達彦《たつひこ》が、杉山《すぎやま》のじっちゃんをとおして、他人《たにん》への思《おも》いやりの心《こころ》をだいじにしようとしている。

（作文《さくぶん》は、子《こ》どもたちの瞳《ひとみ》を、生《い》き生《い》きとさせる力《ちから》を持《も》っている。これを、もっともっ

とつづけよう)
先生《せんせい》は、そう自分《じぶん》にいい聞《き》かせた。そして、毎日《まいにち》のように、生徒《せいと》たちに作文《さくぶん》や詩《し》を書《か》かせた。

また、春《はる》がやってきた。

小沢《おざわ》先生《せんせい》は、そのまま持《も》ちあがりで六年《ねん》B組《ぐみ》の担任《たんにん》になった。

五月《がつ》になって、六年《ねん》B組《ぐみ》の仲間《なかま》がひとりふえた。

「きょうから、みんなといっしょに勉強《べんきょう》することになった……、吉岡裕之《よしおかひろゆき》くんです。吉岡《よしおか》くんは、おとなりの石川県《いしかわけん》から引《ひ》っ越《こ》してきました。みんな、仲良《なかよ》くしてやってくれよなぁ。じゃ、吉岡《よしおか》くん、みんなにあいさつしてください」

小沢《おざわ》先生《せんせい》は、裕之《ひろゆき》を教壇《きょうだん》の上《うえ》に立《た》たせた。みんなは、裕之《ひろゆき》のくちびるがうごくのを待《ま》った。教室《きょうしつ》のなかは、しーんとなった。

「みんな……、よろ、よろしく……、うへへへへへ……」

裕之《ひろゆき》は、ぺこんと頭《あたま》をさげた。そのとたん、みんなの笑《わら》いが、どうっとふきだした。

こうして裕之《ひろゆき》は、六年《ねん》B組《ぐみ》の仲間《なかま》になったが、おとなしかったのは、はじめの一週間《しゅうかん》くらいだった。それからは、日《ひ》がたつにつれて、大声《おおごえ》を発《はっ》するようになった。

「オーリャ～！　そーら、どけぇ、どけぇ」

昼休《ひるやす》み、わかのわからないことを叫《さけ》ぶと、女《おんな》の子《こ》たちのノートや教科書《きょうかしょ》を、二階《かい》の窓《まど》からほうり投《な》げた。

ある朝《あさ》、みんなが登校《とうこう》すると、裕之《ひろゆき》は、紙《かみ》ぶくろのなかから、うす茶色《ちゃいろ》のひものようなものを取《と》りだし、ぐるぐるとふりわました。

「きゃぁ～、や、やめてぇ」

女《おんな》の子《こ》たちが、悲鳴《ひめい》をあげて逃《に》げまわった。それは、ひもではなかった。体長《たいちょう》、二メートルもある、あおだいしょうという蛇《へび》だった。さすがに弘光《ひろみつ》も健二《けんじ》も勉《つとむ》も、どぎもをぬかれた。そのたびに、小沢先生《おざわせんせい》は、みけんに青《あお》すじをたてて、裕之《ひろゆき》をいさめた。

「こらーっ、吉岡《よしおか》！　おまえ、蛇《へび》をふりまわして、それで自分《じぶん》が強《つよ》いやつと思《おも》っとんのかぁ」

先生《せんせい》は、裕之《ひろゆき》のほっぺたに平手《ひらて》打《う》ちをくらわせた。が、裕之《ひろゆき》はにやにや笑《わら》ってるだけだった。くる日《ひ》もくる日《ひ》も、裕之《ひろゆき》は荒《あ》れて、だれとも口《くち》をきかない。やがて、ときどき学校《がっこう》を休《やす》むようになった。

吉岡裕之《よしおかひろゆき》の家《いえ》は貧《まず》しかった。漁師《りょうし》だった父親《ちちおや》は、海《うみ》の事故《じこ》で亡《な》くなった。のこされた母親《ははおや》はからだが弱《よわ》かった。それでもなんとか仕事《しごと》を見《み》つけ、裕之《ひろゆき》と三歳《さい》年下《としした》の妹《いもうと》を育《そだ》ててきた。そして、この町《まち》に住《す》む知《し》り合《あ》いをたよって引《ひ》っ越《こ》してきたのだった。

裕之《ひろゆき》があばれるたびに、小沢先生《おざわせんせい》は、自分《じぶん》のからだに、大《おお》きなくぎがささったようになった。

(いっくらひっぱたいたところで、裕之《ひろゆき》は、よけいに荒《あ》れるだけだ。貧《まず》しさが、彼《かれ》をがんじがらめにしているのだろう。心《こころ》をひらかせるには、どうしたらいいのか……)

小沢先生《おざわせんせい》は、裕之《ひろゆき》を見《み》ると、気持《きも》ちがあせった。

カレンダーは、七月《がつ》になった。

その日《ひ》、学校《がっこう》の授業《じゅぎょう》がおわると、小沢先生《おざわせんせい》は、裕之《ひろゆき》を港《みなと》へつれだした。雨《あめ》あがりの空《そら》が、とてもすがすがしい。港《みなと》の岸壁《がんぺき》に、ふたりはならんで腰《こし》をおろした。

「先生《せんせい》な、小《ちい》さいとき、海辺《うみべ》の村《むら》で育《そだ》ったんだ。じっちゃんが漁師《りょうし》でな、朝《あさ》はいっつも海《うみ》へ出《で》て、じっちゃんがとってきた魚《さかな》を運《はこ》ぶ手《て》つだいをしたもんや。家族《かぞく》がたくさんいてな、家《いえ》は貧《まず》しかったけど、先生《せんせい》、それでいじけたこと……、なかった」

裕之《ひろゆき》はふてくされたような顔《かお》で、白《しろ》い外国船《がいこくせん》を見《み》つめている。

「先生《せんせい》な、裕之《ひろゆき》が、どうも学校《がっこう》にくるのがつらそうに見《み》えるんじゃが」

「そ、そんなことない……」

「けど、おまえ、いつもくらい顔《かお》しとるか、そっからワーッとあばれるか、どっちかやろう。もう、そんなことすんの、やめんか。

家《いえ》が貧《まず》しいからいうて、友《とも》だちをなぐったり、教室《きょうしつ》であばれるのは、おまえらしくないぞ。なあ、せっかくこの学校《がっこう》にきたんじゃから、もっと自分《じぶん》の心《こころ》をひらけ！いいか、それができんがなら、もう学校《がっこう》へこんでいい」

裕之《ひろゆき》は、だまってうつむいている。先生《せんせい》の言葉《ことば》はぶっきらぼうだったが、裕之《ひろゆき》の胸《むね》を、トン、トンとたたくものがあった。カモメの群《む》れが、海面《かいめん》すれすれに近《ちか》づくと、いっせいに空《そら》たかく舞《ま》いあがった。

「裕之《ひろゆき》、先生《せんせい》な、おまえに、ぜひわたしたいものがあるんや」

小沢《おざわ》先生《せんせい》は、ズボンのうしろのポケットにさしこんでいたものを取《と》りだした。それは、一冊《さつ》のノートだった。

「このノートにな、きょうから、自分《じぶん》の思《おも》ったことや、口《くち》でいえんようなこと、先生《せんせい》への相談《そうだん》、なんでもいい、ありのまんまに書《か》いてみんか……。先生《せんせい》も返事《へんじ》を書《か》く。どうだ、裕之《ひろゆき》と先生《せんせい》の交換《こうかん》日記《にっき》だ」

裕之《ひろゆき》は、いまにも泣《な》きそうな顔《かお》で、ノートをうけ取《と》った。

その夜《よる》、裕之《ひろゆき》は、先生《せんせい》からわたされたノートをひらいた。そして青《あお》いけいせんのはいった白《しろ》いページにえんぴつを走《はし》らせた。

七月《がつ》六日《むいか》　火《か》よう日《び》

きょうは、小沢《おざわ》先生《せんせい》とぼくの記念日《きねんび》です。ぼくは、うそのない自分《じぶん》を書《か》こうと思《おも》います。でも、やっぱし、頭《あたま》にうかんでくるのは、お金《かね》のことです。給食費《きゅうしょくひ》がはらえんで、学校《がっこう》に二百円《ひゃくえん》ぐらい借金《しゃっきん》ができた。かあちゃんにいっても、〝明日《あす》〟といわれる。学校《がっこう》にいても、お金《かね》のことが気《き》にかかって、黒板《こくばん》の字《じ》もよう目《め》にはいらない。やっぱり、ぼくは弱虫《よわむし》です。

〈先生《せんせい》より〉――いまの日本《にほん》はね、みんな貧《まず》しいから、借金《しゃっきん》なんてだれでもするよ。給食費《きゅうしょくひ》のことは、先生《せんせい》がなんとかするから、そう気《き》にかけなくてもいいぞ。もっと、おちついていたまえ、いいな、がんばるんだぞ！

泣《な》いている日記《にっき》

あと三日《みっか》で、いよいよ夏休《なつやす》みだ。

杉山《すぎやま》のじっちゃんと達彦《たつひこ》の友情《ゆうじょう》は、その後《ご》もずっとつづいている。それを達彦《たつひこ》から聞《き》くたびに、小沢《おざわ》先生《せんせい》の胸《むね》のなかは、温泉《おんせん》につかったようにあったたかくなった。

でも、達彦《たつひこ》にはひとつ、気《き》がかりなことがあった。それはとなりの席《せき》の裕之《ひろゆき》が、

友《とも》だちになろうと思《おも》っても、なかなか心《こころ》をひらいてくれないことだった。

「あんなやつと、仲良《なかよ》くしても、なーんにもならんちゃ。やめとけ、やめとけ」

オトやんはそういうが、達彦《たつひこ》はなっとくできなかった。

（あいつも……、杉山《すぎやま》のじっちゃんみたいに、人《ひと》ぎらいなんやろうかぁ）

そう考《かんが》えてみたりした。ところがその日《ひ》、信《しん》じられないことが起《お》きた。学校《がっこう》からの帰《かえ》り道《みち》、息《いき》をきらして裕之《ひろゆき》が追《お》いかけてきた。

「おい、今夜《こんや》な、おまえにな、おもっしいもん、見《み》せてやるさかい、八時《じ》ちょうどにな、神社《じんじゃ》の鳥居《とりい》のとこにこいよ。でもな、ほかのやつにはな、ぜったい秘密《ひみつ》だぞぉ」

ニコッと笑《わら》うと、裕之《ひろゆき》は走《はし》りさった。

（おもっしいもんてぇ、なんやろうなぁ）

達彦《たつひこ》は、夜《よる》になるのが待《ま》ちどおしかった。ゆうごはんがすんで、柱時計《はしらどけい》が午後《ごご》七時《じ》四十分《ぷん》になると、達彦《たつひこ》は家《いえ》を走《はし》りだした。ばあちゃんに見《み》つかったらどうしようと思《おも》っていたが、ばあちゃんは、親《しん》せきに用事《ようじ》で出《で》かけていたから、やれやれだった。

神社《じんじゃ》のあたりは、杉《すぎ》の木立《こだち》におおわれてまっくらだった。裕之《ひろゆき》は、まだきていない。遠《とお》くでカエルの鳴《な》き声《ごえ》がする。暗《くら》やみから、いまにも化《ば》けものがあらわれて、達彦《たつひこ》は、くびねっこをつかまえられるのではないかと、からだがふるえた。そのときだった。

「おーい、タッチン、こっちや、こっち！」

鳥居《とりい》のうしろのほうで、裕之《ひろゆき》の声《こえ》がした。達彦《たつひこ》は、ふーっと、ためいきをついた。

神社《じんじゃ》から五分《ふん》ほど歩《ある》くと、小《ちい》さな池《いけ》があった。

月《つき》の光《ひかり》が池《いけ》を照《て》らし、カエルの鳴《な》き声《ごえ》だけが、うるさいくらいにひびいてくる。

「そんなら、一丁《ちょう》、はじめっさかいな」

もってきた長《なが》い竹竿《たけざお》を、裕之《ひろゆき》は池《いけ》の水面《みなも》にのばした。

「へぇーっ、この池《いけ》にコイでもおるがかぁ」

達彦《たつひこ》は、目《め》をまるくして長《なが》い竹竿《たけざお》を見《み》つめた。しばらくすると、竹竿《たけざお》の先《さき》のほうで、激《はげ》しくうごくものが見《み》えた。

「ひゃ~あ、でっかいコイかぁ、裕之《ひろゆき》!」

そういったとたん、達彦《たつひこ》の顔《かお》のまえに、ぬっとあらわれたのは、大《おお》きなカエルだった。裕之《ひろゆき》は、カエルの両足《りょうあし》をつかんで、腹《はら》につきささったかぎ針《ばり》をぬいた。頭《あたま》から足先《あしさき》まで、二十センチほどもある大《おお》きなカエルで、背中《せなか》いちめんに、鮮《あざ》やかな緑色《みどりいろ》のもようが斑点《はんてん》のようにひろがっている。裕之《ひろゆき》は、持《も》ってきたカンカラ（空《あ》き缶《かん》）のふたをあけると、そのなかにカエルを入《い》れた。達彦《たつひこ》は、たたびっくりして、しばらく声《こえ》がでなかった。それから裕之《ひろゆき》は、二匹《ひき》のカエルをつかまえた。

それにしてもカエルとりの名人《めいじん》といっていいほど、裕之《ひろゆき》の腕《うで》まえは鮮《あざ》やかだった。

「これで、かあちゃんのからだ、元気《げんき》にすること……、できる」

池《いけ》の水面《みなも》を見《み》つめてつぶやいた。

「えっ、こ、このカエル、食《た》べられるんかあ!?」

達彦《たつひこ》は、目《め》をテンにして裕之《ひろゆき》をながめた。

「これは、食用《しょくよう》ガエルなんや。うちのかあちゃん、からだ弱《よわ》いやろ。さいさかいな、これぇ、焼《や》いて食《た》べるとな、栄養《えいよう》つくんや。ほんまは、牛《うし》の肉《にく》でも食《た》べさせたいがやけど、おらのうちには、お金《かね》ないさかい、買《か》えんからなぁ」

月《つき》の光《ひかり》の下《した》で、裕之《ひろゆき》は、くくくっと笑《わら》った。

(あいつは、すっごいなぁ。どんなに貧《まず》しくても、生《い》きようとする力《ちから》を持《も》っている。おらなんか、まだまだあそこまでできんなぁ)

その夜《よる》、達彦《たつひこ》はふとんの中《なか》に入《はい》っても、なかなか眠《ねむ》れなかった。

小学生《しょうがくせい》さいごの夏休《なつやす》みがすぎて、二学期《がっき》になった。

キュルッ　キュルッ　リャーリャー　キュルルゥ　キュルッ
校庭《こうてい》の椎《しい》の木《き》で、ムクドリがしきりに鳴《な》いている。こげ茶色《ちゃいろ》のからだに、だいだい色《いろ》のくちばしをした鳥《とり》は、ひたすら鳴《な》くのが仕事《しごと》みたいだ。

「やっかましい鳥《とり》やなぁ。とっつかまえて焼《や》き鳥《とり》にしてやるぞぉ」

弘光《ひろみつ》が、教室《きょうしつ》の窓《まど》から叫《さけ》んだ。九月《がつ》になっても、日《ひ》ざしは暑《あつ》く湿度《しつど》がたかい。

午後《ごご》の授業《じゅぎょう》はみんな、ぐったりだった。算数《さんすう》の授業《じゅぎょう》で分数《ぶんすう》の計算《けいさん》を教《おし》えていた小沢《おざわ》先生《せんせい》は、チョークをポンと投《な》げると、窓《まど》から顔《かお》をだして空《そら》をあおいだ。

「あっついなぁ、勉強《べんきょう》すんのが、だやぁなるなぁ（かったるくなるなぁ）。みんな、頭《あたま》がボーッとならんか」

先生《せんせい》は、教室《きょうしつ》のうしろの壁《かべ》にかけてある寒暖計《かんだんけい》をのぞきこんだ。

「いやぁ、そいでもまだ二十五度《ど》しかないぞぉ。よーし、寒暖計《かんだんけい》がな、三十度《ど》になったら、プールへ飛《と》びこもう。それまで勉強《べんきょう》や、いいな」

先生《せんせい》は、授業《じゅぎょう》をつづけた。それからは、洋平《ようへい》と勉《つとむ》の、待《ま》ってましたとばかりの出番《でばん》だった。先生《せんせい》が黒板《こくばん》にむかっているすきに、勉《つとむ》がぬき足《あし》、さし足《あし》で教室《ようしつ》のうしろへ近《ちか》ずくと、寒暖計《かんだんけい》をそっと窓《まど》ぎわに置《お》いた。直射日光《ちょくしゃにっこう》をもろにうけて、赤《あか》い線《せん》は、ぐ、ぐーんとハネあがった。すると、洋平《ようへい》がころあいを見《み》はからって、寒暖計《かんだんけい》をもとのところにもどした。

「先生《せんせい》、寒暖計《かんだんけい》が三十度《ど》、越《こ》しました」

洋平《ようへい》が、まじめな顔《かお》になっていった。

「へぇー、そんなに暑《あつ》くなったかぁ」

小沢先生《おざわせんせい》は、また教室《きょうしつ》のうしろにやってくると、寒暖計《かんだんけい》をしげしげとながめた。

「ほんまや、ちょうど三十度《ど》やな。よーし、全員《ぜんいん》プールへ飛《と》びこんでいいぞぉ」

そのひと声《こえ》で、みんなはパンツ一枚《まい》になると、ワーッと教室《きょうしつ》からかけだした。

小沢先生《おざわせんせい》もプールへ飛《と》びこんで、水《みず》しぶきをあげた。子《こ》どもたちが、寒暖計《かんだんけい》をいじっていることなど、とっくにわかっていたが、小沢先生《おざわせんせい》は、知《し》らんぷりを決《き》めこんだ。

山々《やまやま》のてっぺんが、白《しろ》い雪《ゆき》をかぶった。

十月《がつ》もおわり、はく息《いき》がまっ白《しろ》になって、きっぱりと冬《ふゆ》がやってきた。裕之《ひろゆき》と小沢《おざわ》先生《せんせい》のあいだを往復《おうふく》する交換《こうかん》日記《にっき》はつづいている。

十月《がつ》二十九日《にち》　水《すい》よう日《び》

朝《あさ》おきたのは、五時半《じはん》だった。かあちゃんがもう起《お》きていて、台所《だいどころ》でごはんの用意《ようい》をしていた。かあちゃんは、毎朝《まいあさ》、六時半《じはん》には、工場《こうじょう》へ仕事《しごと》に出《で》かける。ぼくは、せんたくをした。いま、心配《しんぱい》なのは、かあちゃんのからだのことだ。夜《や》きんもあるし、病気《びょうき》になったらどうしよう。

〈先生《せんせい》より〉——毎日《まいにち》、大変《たいへん》だね。きみの日記《にっき》を見《み》るたびに、よくやっていると思《おも》う。こんなにがんばっているんだもの。きっといい日《ひ》がくると思《おも》う。こないでどうするものか。希望《きぼう》をすてないでがんばれ！

だが、裕之《ひろゆき》の家《いえ》には、なかなか日《ひ》がささなかった。織物《おりもの》工場《こうじょう》で働《はたら》いているかあちゃんは、リューマチという病気《びょうき》で、手《て》や足《あし》の関節《かんせつ》に痛《いた》みが走《はし》るようになった。

十一月《がつ》八日《にち》　金《きん》よう日《び》

学校《がっこう》から帰《かえ》ると、かあちゃんがねていた。「どうしたがいね」ときくと、「いや、足《あし》がちょっこしいたいけど、たいしたことない」といった。かあちゃんはしんぱいさせまいと、そういったけど、ぼくは泣《な》きたくなった。どうして、こんなことばかりつづくのだろう。かあちゃんは、まだ若《わか》いのに、こんなにひどい日《め》にあうとは……。かあちゃんの声《こえ》も泣《な》いているようだった。

裕之《ひろゆき》の日記《にっき》を読《よ》みながら、小沢先生《おざわせんせい》は、いたたまれない気持《きも》ちになった。

《こんなにがんばっているんだもの。きっといい日《ひ》がくると思《おも》う》

と返事《へんじ》を書《か》いてみても、それはなぐさめにしかすぎない……。いったい、どうしたらいいのか、小沢先生《おざわせんせい》は、トンネルのなかに迷《まよ》いこんだようになった。

みんな、ありがとう

みぞれもようの天気《てんき》が、お昼近《ひるちか》くになって雪《ゆき》になった。こな雪《ゆき》が、やがてぼたん雪《ゆき》にかわると、学校《がっこう》から見《み》おろす町《まち》も港《みなと》も、白一色《しろいっしょく》におおわれた。

教室《きょうしつ》は、しんしんと冷《ひ》える。まるで氷《こおり》のどうくつのなかにいるようだ。このころの教室《きょうしつ》には、いまのように暖房《だんぼう》の設備《せつび》などなかった。教室《きょうしつ》のまえのほうに、一メートル四方《しほう》の四角《しかく》い火鉢《ひばち》が置《お》かれている。その燃料《ねんりょう》は、木炭《もくたん》である。炭《すみ》がまっ赤《か》になって、ときどきパチパチチッと音《おと》がする。そんな寒《さむ》い教室《きょうしつ》で、このころの北国《きたぐに》の子《こ》どもたちは勉強《べんきょう》したのだ。

六年生《ねんせい》の二学期《がっき》も、あと二十日《はつか》あまりになった。その日《ひ》、裕之《ひろゆき》は学校《がっこう》を休《やす》んだ。かあちゃんのからだが、よくないらしい。授業《じゅぎょう》が終《お》わって放課後《ほうかご》、そうじ当番《とうばん》の七、八人《にん》が教室《きょうしつ》の四角《しかく》い火鉢《ひばち》のまわりをかこんだ。

「裕之《ひろゆき》くん、このごろ、よう泣《な》くようになった。あいつ、これまで泣《な》いたことなかったがに……。ほら、こないだ、先生《せんせい》が〝日《に》よう日《び》に学校《がっこう》にこれる人《ひと》〟って聞《ざ》いたやろ。あんときも、裕之《ひろゆき》くん、泣《な》いとったぜ」

俊介《しゅんすけ》が、顔《かお》をくもらせていった。みんなも、うん、うんとうなずいた。

「裕之《ひろゆき》の家《いえ》は、たいへんなんだよ。日記《にっき》を読《よ》むとようわかる。彼《かれ》の日記《にっき》は、家《いえ》のことばっかりなんだよ。それでな、裕之《ひろゆき》、こんどの冬休《ふゆやす》みにアルバイトしようと思《おも》っているらしいんだ」

つぶやくようにいって、小沢先生《おざわせんせい》は、みんなをながめた。火鉢《ひばち》のまわりが、しーんとなった。すると、加代子《かよこ》がかんだかい声《こえ》をあげた。

「先生《せんせい》、新聞配達《しんぶんはいたつ》はどうやろ」

「それな、先生《せんせい》も聞《き》いてみたんだけど、もう満員《まんいん》やった」

それから魚市場《うおいちば》、魚屋《さかなや》、乾物屋《かんぶつや》、牛乳配達《ぎゅうにゅうはいたつ》など、いろいろな意見《いけん》がでた。そして俊介《しゅんすけ》が、こういいだした。

「先生《せんせい》、〝魚松《うおまつ》のかまぼこ屋《や》〟はどうやろ。こないだ、うちのかあちゃんが〝魚松《うおまつ》は、正月《しょうがつ》まで、猫《ねこ》の手《て》も借《か》りたいほど忙《いそが》しいそうや〟というとった」

「うーむ、そうやなあ、魚松《うおまつ》ならいいかもしれんな。先生《せんせい》、魚松《うおまつ》のおとっちゃん（ご主人《しゅじん》）に、いっぺん話《はな》してみようかいな」

小沢先生《おざわせんせい》は、急《きゅう》に元気《げんき》がでたような気持《きも》ちになった。

「よかった、よかった。やっぱり、みんなに相談《そうだん》してよかった。いまな、裕之《ひろゆき》にな、してあげられることは、励《はげ》ましてやることしかできんもんな……。みんな、ありがとう、ありがとう」

火鉢《ひばち》の炭《すみ》が、パチパチッとはじけた。その火《ひ》を見《み》つめる小沢先生《おざわせんせい》の目《め》から、涙《なみだ》があふれそうになった。律子《りつこ》と加代子《かよこ》が、肩《かた》をふるわせて泣《な》きだした。俊介《しゅんすけ》と健二《けんじ》が、鼻《はな》をくしゅ、くしゅっとならして目《め》をこすった。

つぎの日《ひ》の昼休《ひるやす》みだった。職員室《しょくいんしつ》に行《い》きかけたところで、先生《せんせい》は達彦《たつひこ》に呼《よ》びとめられた。

「先生《せんせい》、きのうの夕方《ゆうがた》、裕之《ひろゆき》のうちへ行《い》ってきた。明日《あした》から、ちゃんと学校《がっこう》にくるというとった。さっきな、俊介《しゅんすけ》から聞《き》いたんやけど裕之《ひろゆき》、この冬休《ふゆやす》み、魚松《うおまつ》で働《はたら》くことになったんか」

「いや、それは、……まだわからん」

「先生《せんせい》、おらも魚松《うおまつ》でアルバイトする。そのほうが、裕之《ひろゆき》もやりやすいやろう。なあ、先生《せんせい》!」

思《おも》いもかけないことだった。達彦《たつひこ》は、自分《じぶん》なりに考《かんが》えて、そう決《き》めたのだろう。小沢先生《おざわせんせい》は、達彦《たつひこ》にポンと背《せ》なかをたたかれたような気《き》がした。その日《ひ》の帰《かえ》り道《みち》、小沢先生《おざわせんせい》は、町《まち》でいちばんの古《ふる》いかまぼこ屋《や》『魚松《うおまつ》』をたずねた。そして、裕之《ひろゆき》と達彦《たつひこ》が、アルバイトで働《はたら》けるようにたのんだ。

けれど、小沢先生《おざわせんせい》の心《こころ》は、空《そら》とおなじような灰色《はいいろ》になって重《おも》かった。

(教師《きょうし》の自分《じぶん》が、子《こ》どもを働《はたら》かせることに、賛成《さんせい》していいのだろうか。しかし、かといって、貧《まず》しい家庭《かてい》の子《こ》どもに、教師《きょうし》の自分《じぶん》がふところをはたいて、お金《かね》を援助《えんじょ》する……。それは、正《ただ》しいことなのだろうか。いや、それもおかしい……。そんなことをすれば、裕之《ひろゆき》の心《こころ》を傷《きず》つけてしまうだけだ……）

ふりしきる雪《ゆき》のなかに立《た》ちつくした小沢先生《おざわせんせい》は、しばらくうごかなかった。

昭和《しょうわ》二十年代《ねんだい》、日本《にほん》は、経済的《けいざいてき》に貧《まず》しかった。家計《かけい》を助《たす》けるために、小学生《しょうがくせい》でもいろいろなアルバイトをして、働《はたら》くことはめずらしくなかったのだ。

こうして、裕之《ひろゆき》は冬休《ふゆやす》みのあいだ、「魚松《うおまつ》」で、せっせと働《はたら》いた。仕事《しごと》はまき割《わ》り、かまぼこの材料《ざいりょう》になる魚《さかな》のつぶし、そして配達《はいたつ》だった。裕之《ひろゆき》にとって、なにより心《こころ》強《づよ》かったのは、達彦《たつひこ》が一緒《いっしょ》にアルバイトをしてくれたことだった。ふたりは、小《ちい》さなからだで、けんめいにリヤカーをひっぱった。

「やぁ、ようがんばってるなぁ」

配達《はいたつ》のとちゅうで、六年《ねん》B組《ぐみ》の仲間《なかま》とすれちがうと、みんながリヤカーを押《お》してくれた。

魚松
魚松

三学期《がっき》になった。

北風《きたかぜ》のなかを、みんなは、元気《げんき》いっぱいで登校《とうこう》したが、裕之《ひろゆき》の気持《きも》ちは、晴《は》れにはならなかった。転校《てんこう》してきたころ、大声《おおごえ》を張《は》りあげたのがうそのようだった。

一月《がつ》十六日《にち》　日《にち》よう日《び》

先生《せんせい》は「お金《かね》があるということはいいなぁ」といった。ぼくはすぐ「そうや」と思《おも》った。近《ちか》ごろ、毎日《まいにち》、かあちゃんが「頭《あたま》いたい」「足《あし》がいたい」といって、工場《こうじょう》を休《やす》んでいる。このごろ、まるでぼくが、かあちゃんになったみたいだ。

朝《あさ》七時《じ》ごろから、じゃがいもをにる。ちゃわんを洗《あら》いおわったのは十時《じ》。ひるは、朝《あさ》のごはんを油《あぶら》でいためた。妹《いもうと》が「うまい、うまい」と大喜《おおよろこ》びしてくれた。ごはんのあとしまつをしたら、今度《こんど》は八百屋《やおや》へ行《い》く。帰《かえ》ってきて、うどんをにる。

明日《あす》、テストがあるけど、練習《れんしゅう》もあまりできなかった。先生《せんせい》は、時間《じかん》をむだにしないようにといったが、これでぼくのせいいっぱいだ。夜《よる》になると、だやくなる（疲《つか》れてへとへとになる）。だからぼくは、びんぼうはいやだと思《おも》う。

日記《にっき》にここまで書《か》いたら、かあちゃんが「うーん、うーん」とうなっている声《こえ》がする。ぼくはあの声《こえ》を聞《き》くと、泣《な》きたくなる。ぼくがはやく大《おお》きくなって、ふつうの家《いえ》のかあちゃんのようにしてあげたいなぁ。これだけ書《か》いたら、もうなみだがでてくる。

〈先生《せんせい》より〉――そうか……、でも、こんなメソメソしたことを書《か》くな。きみの苦《くる》しい気持《きも》ちはよくわかる。お母《かあ》さんが「うーん、うーん」とうなっている時《とき》は、ほんとうにいやだろう。先生《せんせい》にも戦争中《せんそうちゅう》にそんなことがあった。

朝《あさ》も昼《ひる》も夜《よる》も、ごはんの用意《ようい》をするのはたいへんだなぁ。でも、さみのような苦労《くろう》をしている子《こ》どもは、日本《にほん》に何万人《なんまんにん》もいる。そしてそのなかの一人《ひとり》のきみは、その苦《くる》しいなかで、逆《ぎゃく》にだんだんりっぱになってくるではないか。

一月《がつ》十九日《にち》　水《すい》よう日《び》

久《ひさ》しぶりに堀口《ほりぐち》くんとけんかをした。ちょっとしたことでカーッとなって、堀口《ほりぐち》くんをなぐった。あとから堀口《ほりぐち》くんに「かんにんな」というと「うん」といった。学校《がっこう》の帰《かえ》り、また悪《わる》いことしたなぁと反省《はんせい》してみた。ああ、それから先生《せんせい》、ぼくは、もうメソメソしないようにします。

〈先生《せんせい》より〉——きみは、もうだいじょうぶだ。転校《てんこう》してきたころのきみではない。きみは、人間《にんげん》がかわったみたいにやさしくなったよ。すぐカンシャクをおこさなくなった。その上《うえ》、きみは他《ほか》の困《こま》っている人《ひと》の気持《きも》ちが、よくわかる人間《にんげん》になっていくではないか。このまえも書《か》いたように、何万人《なんまんにん》のなかには、その苦《くる》しさに負《ま》けている人《ひと》もいる。しかし、きみは負《ま》けなかった一人《ひとり》だ。先生《せんせい》は、そう思《おも》っているよ。「びんぼうはいやだ」、それは、そのとおりだと思《おも》う。しかし、びんぼうなのは、きみだけのしわざでもなければ、また、きみのおかあさんのしわざでもないのだ。なにか力《ちから》をかりたいときは、いつでもいってきてくれ。できることなら、なんでもするよ。おたがい、もっとつよくなろうな。

日記《にっき》に返事《へんじ》を書《か》きながら、「裕之《ひろゆき》、強気《つよき》の虫《むし》になれ！」と先生《せんせい》は、ノートをにぎりしめた。

それから三日《みっか》がたった土曜日《どようび》。放課後《ほうかご》のことだ。六年《ねん》B組《ぐみ》の教室《きょうしつ》には、夕方《ゆうがた》ちかくになっても、生徒《せいと》たちが残《のこ》っていた。

「やっぱり、黒《くろ》い色《いろ》はへんやちゃ。茶色《ちゃいろ》がいいんじゃないがけぇ、ねぇ、律《りつ》ちゃん」

睦子《むつこ》と律子《りつこ》が、机《つくえ》の上《うえ》にひろげた布《ぬの》きれをながめて、うんうん、と考《かんが》えこんでいる。

「はようせんと、夜《よる》になってしまうわよ」

加代子《かよこ》がせきたてて、かばんの色《いろ》は茶色《ちゃいろ》に決《き》まった。それから布《ぬの》をハサミで切《き》って、三人《にん》は、ああでもない、こうでもないといいながら、かばんづくりにとりかかった。

そこへ弘光《ひろみつ》と健二《けんじ》が、家《いえ》から材木《ざいもく》の切《き》れっぱしを持《も》ってきた。タッチンが用務員室《ようむいんしつ》から、のこぎりと金《かな》づちを借《か》りてきた。

「さあ、はじめようぜ」

のこぎりを手《て》にしたタッチンが、器用《きよう》な手《て》つきで材木《ざいもく》を切《き》る。

トントン、カンカン、トントン
健二《けんじ》が大工《だいく》さんみたいな顔《かお》つきで、くぎを打《う》ちつける。

「ちょっこし、まがってしまったけど、気《き》にせんとこな」

弘光《ひろみつ》がまんぞくそうに目《め》をかがやかせた。

「いやぁ、おまえたち、いったい、どうしたんだ」

教室《きょうしつ》にやってきた小沢先生《おざわせんせい》は、すっとんきょうな声《こえ》をあげると、みんなを見《み》まわした。

「吉岡《よしおか》くん、かばん持《も》っとらんで、ふろしきに教科書《きょうかしょ》つつんできてるやろ。だから、たいしたもんはつくれんけど、先生《せんせい》、これえ、かばんに見《み》えるでしょ」

加代子《かよこ》が、むじゃきな口《くち》ぶりで説明《せつめい》した。

「へぇーっ、そうかあ、そうかあ……。そいで男子組《だんしぐみ》は、本立《ほんた》てかあ。ほう、なかなかようできとるなあ」

いいながら小沢先生《おざわせんせい》は、涙《なみだ》ぐみそうになった。

「ほんなら吉岡《よしおか》くん、呼《よ》んでくるちゃ」

郵便はがき

料金受取人払

豊島局承認

5552

差出有効期間
平成16年10月
31日まで

171-8790

425

東京都豊島区池袋3-9-23

ハート出版 御中

①ご意見・メッセージ 係
②書籍注文 係(裏面お使い下さい)

ご愛読ありがとうございました

ご購入図書名	
ご購入書店名	区 市 町　　　書店

●本書を何で知りましたか?

① 新聞・雑誌の広告(媒体名　　　　) ② 書店で見て
③ 人にすすめられ ④ 当社の目録 ⑤ 当社のホームページ
⓪ 楽天市場 ⑦ その他(　　　　)

●当社から次にどんな本を期待していますか?

●メッセージ、ご意見などお書き下さい●

<table>
<tr><td>ご住所</td><td colspan="4">〒</td></tr>
<tr><td rowspan="2">お名前</td><td colspan="2" rowspan="2">フリガナ</td><td>女・男</td><td rowspan="2">お子様
有・無</td></tr>
<tr><td>歳</td></tr>
<tr><td>ご職業</td><td colspan="4">・小学生・中学生・高校生・専門学生・大学生・フリーランス・パート
・会社員・公務員・自営業・専業主婦・無職・その他（　　　　　）</td></tr>
<tr><td>電　話</td><td>（　　－　　－　　）</td><td rowspan="2">当社からのお知らせ</td><td colspan="2" rowspan="2">1. 郵送OK
2. FAX OK
3. e-mail OK
4. 必要ない</td></tr>
<tr><td>FAX</td><td>（　　－　　－　　）</td></tr>
<tr><td>e-mail
アドレス</td><td colspan="4">@　　パソコン・携帯</td></tr>
<tr><td>注文書</td><td colspan="3">お支払いは現品に同封の郵便振替用紙で。（送料実費）</td><td>冊数</td></tr>
<tr><td colspan="4"></td><td></td></tr>
<tr><td colspan="4"></td><td></td></tr>
<tr><td colspan="4"></td><td></td></tr>
<tr><td colspan="4"></td><td></td></tr>
</table>

オトやんが、教室《きょうしつ》から走《はし》りでていった。三十ぷんほどすると、オトやんといっしょに裕之《ひろゆき》がやってきた。

「これぇ、わたしたちがつくったんやけど、気《き》ぃわるうしないで使《つか》ってほしいの」

加代子《かよこ》が、少《すこ》し声《こえ》をたかぶらせていって、手《て》づくりのかばんをさしだした。それは、肩《かた》からさげて使《つか》う〝横《よこ》かばん〟だった。

「おらたちは……、これしかできんかった」

タッチンが、にわかづくりの本立《ほんた》てを、すまなさそうな顔《かお》で、机《つくえ》の上《うえ》に置《お》いた。

裕之《ひろゆき》は、しばらくぼーっとした顔《かお》で、二つの思《おも》いがけないプレゼントをながめていた。それからうつむくと、目《め》をつむった。

「どうや……、うれしくないのか」

小沢先生《おざわせんせい》が、裕之《ひろゆき》の肩《かた》をたたいた。裕之《ひろゆき》はようやく顔《かお》をあげた。涙《なみだ》が光《ひか》っていた。

「あ、ありがとう。ほんま、ありがとう」

集《あつ》まってくれたひとりひとりの顔《かお》を見《み》て、裕之《ひろゆき》は「ありがとう」をくり返《かえ》した。

そして、机《つくえ》につっぷすと泣《な》きだした。

「ありがとう、ありがとう。ぼ、ぼくみたいなやつに……」

裕之《ひろゆき》のすすり泣く声《こえ》が、教室《きょうしつ》いっぱいにひろがった。みんな、もらい泣《な》きになった。

雪《ゆき》がやんで、凍《い》てつく空《そら》の細《ほそ》い月《つき》が、教室《きょうしつ》のみんなを、やさしく見守《みまも》っているようだった。


卒業式《そつぎょうしき》が目前《もくぜん》にせまった。

小学校《しょうがっこう》の先生《せんせい》になって、二年半《ねんはん》の月日《つきひ》が夢《ゆめ》のようにすぎて、小沢先生《おざわせんせい》は、はじめての卒業生《そつぎょうせい》を送《おく》りだすことになった。生徒《せいと》たちが、感《かん》じたこと、その目《め》で見《み》たことを正直《しょうじき》につづった学級文集《がっきゅうぶんしゅう》『ゆりかご』は、十冊《さつ》をこえた。小沢先生《おざわせんせい》は、その『ゆりかご』に「卒業《そつぎょう》するみんなへ」と題《だい》してこう書《か》いた。

《あなた方《がた》はいま、小学校《しょうがっこう》という渡《わた》し舟《ぶね》をおりられるところです。長《なが》い広《ひろ》い大河《たいが》でした。お別《わか》れということは、やはりさびしいことですね。私《わたし》があなた方《がた》のまえへ初《はじ》めて立《た》ったのは、専門学校《せんもんがっこう》を出《で》たなりの二十歳《はたち》のときでした。

青二才《あおにさい》である上《うえ》に、でたらめな考《かんが》えにとりつかれるみじめな私《わたし》でした。正直《しょうじき》なところ、いつもズッコケて、これでも先生《せんせい》かと、情《なさ》けなくなりました。二年間《ねんかん》の月日《つきひ》は、あっという間《ま》にすぎました。私《わたし》のやったことは、いいことか悪《わる》いことか、それもよくわかりませんが、いっしょに笑《わら》い、いっしょに腹《はら》をたてることとぐらいが取《と》りえでした。この二年間《ねんかん》で、私《わたし》はあなた方《がた》からとても多《おお》くのことを学《まな》びました。私《わたし》は年《とし》がいくつちがっても、あなた方《がた》のえらいところは、えんりょなくとって学《まな》びました。その点《てん》、深《ふか》くお礼《れい》をいわなければなりません。

これからみんなは、力強《ちからづよ》く新《あたら》しい旅路《たびじ》へと進《すす》まねばなりません。どうかその旅《たび》の道《みち》で、六年《ねん》B組《ぐみ》の仲間《なかま》であったことを、ときどき思《おも》いだしてください》

早春《そうしゅん》の海《うみ》に、おおきな太陽《たいよう》が沈《しず》むところだ。

(みんな、ありがとう。きみたちのおかげで、ぼくは……、先生《せんせい》という仕事《しごと》を、もっとやってみようと思《おも》う。ありがとう、みんな……)

小沢《おざわ》先生《せんせい》のからだがじーんとなって、その目《め》から涙《なみだ》がほろほろとこぼれた。

やーい、ションベンたれ

小学校《しょうがっこう》の教師《きょうし》になって、五年《ねん》の月日《つきひ》が流《なが》れ、小沢先生《おざわせんせい》はまた新《あたら》しい春《はる》をむかえた。

その日《ひ》小沢《おざわ》先生《せんせい》は、校長《こうちょう》先生《せんせい》から「ぜひ、話《はなし》をしたいことがある」と声《こえ》をかけられた。

「いやぁ、話《はなし》というのは、こんどの六年《ねん》B組《ぐみ》の担任《たんにん》のことなんだがね。きみもまえから知《し》ってると思《おも》うが、これがたいへんなクラスでねぇ。いま、頭《あたま》をかかえてるとこなんだよ」

「とぉ、いいますと……」

「早《はや》い話《はなし》が、きみにぜひ担任《たんにん》を引《ひ》き受《う》けてもらいたんだがね」

「そ、それは無理《むり》な注文《ちゅうもん》ですよ。ベテランの先生《せんせい》は、ほかにたくさんおられるわけですから、私《わたし》のようなものの……でる幕《まく》じゃありませんよ」

「いやいや、小沢《おざわ》先生《せんせい》のユニークな教《おし》え方《かた》は、生徒《せいと》たちにも、それから父兄《ふけい》にも評判《ひょうばん》になっております。なんとか引《ひ》き受《う》けてもらえませんか。このとおり、おねがいしますよ」

校長《こうちょう》先生《せんせい》は、赤《あか》い鼻《はな》の先《さき》を、机《つくえ》にこすりつけんばかりにして頭《あたま》をたれた。

「いやぁ、こまったなぁ、こまったなぁ」

小沢《おざわ》先生《せんせい》は、途方《とほう》に暮《く》れた顔《かお》で、校長室《こうちょうしつ》の窓《まど》ぎわから見《み》えるこぶしの花《はな》を見《み》つめた。

いまの小学校《しょうがっこう》のほとんどは、たいてい二年《ねん》ごとにクラス替《が》えがおこなわれるが、この時代《じだい》の小学校《しょうがっこう》では、一年《ねん》から六年《ねん》まで組替《くみが》えがなく、クラスメートはおなじ顔《かお》ぶれであった。だがこのクラスの先生《せんせい》は、つぎつぎと変《か》わった。

一年《ねん》から三年《ねん》までは、二十代《だい》の女《おんな》の先生《せんせい》で、四年生《ねんせい》のときは、ベテランの女《おんな》の先生《せんせい》が受《う》け持《も》った。ところが五年生《ねんせい》になると、このクラスのてんやわんやがはじまった。担任《たんにん》する先生《せんせい》が、一学期《がっき》ごとにあきれ果《は》てて、このクラスを見《み》かぎるようになった。

「あんなクラスの担任《たんにん》をするのは、もうまっぴらだよ」

どの先生《せんせい》も二の足《あし》を踏《ふ》み、とうとう一年間《ねんかん》で三人《にん》の先生《せんせい》が入《い》れかわるというありさまだった。その原因《げんいん》は、たいへんな〝わんぱく小僧《こぞう》〟がそろっていたからである。いや、粒《つぶ》よりのガキ大将《だいしょう》が集《あつ》まったようなクラスだった。

(よりによって、こんどは、おらがそのなかに飛《と》びこむことになってしもうた)

小沢《おざわ》先生《せんせい》は、なるようになれという気持《きも》ちだった。

昭和《しょうわ》三十年《ねん》(一九五五年《ねん》)四月《がつ》、小沢《おざわ》先生《せんせい》は、六年《ねん》B組《ぐみ》の担任《たんにん》になった。

「こんどな、まーた、若《わか》い男先生《おとこせんせい》がくるがやと。おい、メッチャクチャにやっつけてやろまいか」

男子《だんし》生徒《せいと》の数人《すうにん》が、示《しめ》しあわせていた。スタスタッとやってきた先生《せんせい》が、教室《きょうしつ》の戸《と》を引《ひ》いたとたん、戸《と》のあいだに仕掛《しか》けてあった黒板消《こくばんけ》しが、先生《せんせい》の頭《あたま》を直撃《ちょくげき》した。

「おぅ……イテテ、イテテテェ～」

わざとおおげさな振《ふ》りをして、小沢先生《おざわせんせい》は頭《あたま》をかかえてみせた。

「いんやぁ、初日《しょにち》からこんなに歓迎《かんげい》を受《う》けるとは、先生《せんせい》、思《おも》いもよらなんだ」

そして、黒板消《こくばんけ》しをひろうと、それでぐるぐるっと顔《かお》をふいた。たちまち顔《かお》は、おしろいをぬったようにまっしろけになった。みんなが、どっと笑《わら》った。教壇《きょうだん》の机《つくえ》に、小《ちい》さなダンボール箱《ばこ》が置《お》かれていた。

「先生《せんせい》、それぇ、おらたちからのプレゼントやちゃ」

教室《きょうしつ》のうしろのほうで、健太《けんた》がおとなのような口《くち》ぶりでいった。

「へぇ、先生《せんせい》にプレゼントまであるちゅうのは、めずらしい教室《きょうしつ》やなぁ」

おもむろに小沢先生《おざわせんせい》は、箱《はこ》のふたをあけた。すると、大《おお》きなトノサマガエルが三匹《びき》、待《ま》ってましたとばかりに箱《はこ》のなかから飛《と》びだした。

「ひや～ぁ、こ、これは最高《さいこう》のプレゼントやなあ、ありがと、ありがとう」

トノサマガエルを一匹《ぴき》つかむと、小沢先生《おざわせんせい》は、洋服《ようふく》のポケットにだいじそうにしまいこんだ。のっけから困《こま》らせてやろうと示《しめ》しあわせていた男子生徒《だんしせいと》たちは、当《あ》てがはずれた顔《かお》になった。それから小沢先生《おざわせんせい》は、黒板消《こくばんけ》しで白《しろ》くなった顔《かお》で、五十人《にん》の生徒《せいと》を見《み》わたした。

「先生《せんせい》な、きみたちとこうやってあえるなんて、ほんま、一週間《しゅうかん》まえまで知《し》らんかった。でも、不思議《ふしぎ》だなぁ、六年《ねん》B組《ぐみ》、受《う》け持《も》つことになったんやさかい。

先生《せんせい》、学校《がっこう》の先生《せんせい》になって、五年《ねん》になるけど、これがな、まるでダメ先生《せんせい》ながやちゃ。自分《じぶん》でそのことは、よう知《し》っとる。だからうまいこと教《おし》えられん……」

五十人《にん》あわせて百の瞳《ひとみ》が、先生《せんせい》を見《み》つめた。

「けど、一生《いっしょう》けんめいやる。いや、先生《せんせい》な、ほんまいうと、勉強《べんきょう》きらいなんや、だが先生《せんせい》の仕事《しごと》は、きみたちに勉強《べんきょう》を教《おし》えないかんのだ。ここがむずかしいとこだよなあ、ほんま、むずかしい。でもなこれだけはいっとくぞ、先生《せんせい》といっしょに仲間《なかま》になりたくないやつは、ついてこんでもいい。好《す》き勝手《かって》なことをやって、わいわいやっとればいいんだ。だって、そうだろう、きみたちにも自由《じゆう》があるもんな」

先生《せんせい》の言葉《ことば》に、みんなは、しきりにまばたきをした。

しかし、いくら小沢先生《おざわせんせい》が担任《たんにん》になったからといて、六年《ねん》B組《ぐみ》の教室《きょうしつ》が、すぐにおとなしくなるはずはない。

はじめの五日《いつか》くらいは、どうにか授業《じゅぎょう》になった。一週間《しゅうかん》もすると、授業中《じゅぎょうちゅう》に廊下《ろうか》へ飛《と》びだすもの、あくびをしながら、そのうちいびきをかいて眠《ねむ》るやつ。チョークや消《け》しゴムが飛《と》んで、とても目《め》をあけて授業《じゅぎょう》はできなくなった。

「こらーっ、健太《けんた》！　そいから志郎《しろう》！　まえへでてこいっ!!」

みけんに青筋《あおすじ》をたてた小沢先生《おざわせんせい》は、文句《もんく》をいわせず、ふたりをぶんなぐった。だが、つぎの日《ひ》になると、おなじことのくり返《かえ》しになった。先生《せんせい》は、もうへとへとになった。

（ほんま、ようこれだけ、悪《わる》ガキがそろったもんや）

さすがの小沢先生《おざわせんせい》も、音《ね》を上《あ》げそうになった。

「おまえたち、ずいぶんたいくつしとるようだな。きょうは、授業《じゅぎょう》もう終《お》わりにしよう。どうや、みんなで海《うみ》を見《み》に行《い》こうか」

教室中《きょうしつじゅう》に歓声《かんせい》があがり、子《こ》どもたちは、表《おもて》へかけだした。

「おもしろいセンコウやなぁ。なかなか話《はな》せるやないか」

クラスでボス級《きゅう》の健太《けんた》と章吾《しょうご》が、そういいあったりした。だが、六年《ねん》B組《ぐみ》は、そんな小沢《おざわ》先生《せんせい》の応急処置《おうきゅうしょち》では、静《しず》かにならなかった。


四月《がつ》も末《すえ》になった。富山《とやま》平野《へいや》のあちこちで田植《たう》えのじゅんびがはじまり、こいのぼりが悠々《ゆうゆう》と風《かぜ》をはらませて泳《およ》いでいる。

その日《ひ》、昼休《ひるやす》みのことだった。

給食《きゅうしょく》がすんだあと、正昭《まさあき》が便所《べんじょ》へ行《い》こうとして、椅子《いす》から立《た》ちあがった。が、あせった正昭《まさあき》は、よろけて床《ゆか》に尻《しり》もちをついた。となりの席《せき》で、光子《みつこ》とノートに絵《え》を描《か》いていた静代《しずよ》が、あわてて正昭《まさあき》を抱《だ》き起《お》こした。

「ああ、もうダメだぁ」

正昭《まさあき》が悲鳴《ひめい》のような声《こえ》をあげたときは、あとの祭《まつ》りだった。彼《かれ》のズボンは、もうびしょぬれだ。

「やーい、ションベンたれ、ションベンタレのくらげ野郎《やろう》!」

たちまち、クラスの男子生徒《だんしせいと》が、やんやとはやしたてた。正昭《まさあき》は、顔《かお》をまっ赤《か》にしてじっとたえている。

「おい、ションベンたれ、おまえ、もう来年《らいねん》は中学生《ちゅうがくせい》やぞ。そうや、おまえのチンポコ、おっかしいがや。みんなで治《なお》してやっさかい、ほーれ、ズボン、脱《ぬ》げぇ、脱《ぬ》げぇ！」

章吾《しょうご》が、正昭《まさあき》のズボンのすそを引《ひ》っぱって、にやにや笑《わら》った。

「やーい、ションベンたれ、ションベンたれぇ！」

男子生徒《だんしせいと》たちのほとんどが、てんでに声《こえ》をあげた。くちびるをかみしめて、正昭《まさあき》は、ひたすらたえている。

「あんたたち、もう、やめなさいよ！　正昭《まさあき》くん、なーんにも悪《わる》いことしとらん」

章吾《しょうご》のまえにつっ立《た》ったのは、静代《しずよ》だった。章吾《しょうご》が少《すこ》したじろいだ目《め》つきで、静代《しずよ》を見《み》つめた。

「そうかぁ、おまえらふたり、好《す》きぃ好《す》きの仲《なか》やったがかぁ。ああ、知《し》らなんだわ、知《し》らなんだわ」

体勢《たいせい》を立《た》てなおすと、章吾《しょうご》はぺぇっと、教室《きょうしつ》の床《ゆか》につばをはいて、腹《はら》をかかえて笑《わら》いだした。章吾《しょうご》の子分《こぶん》たちも、ケケケッと笑《わら》った。静代《しずよ》は、とうとう泣《な》きだした。

正昭《まさあき》のオシッコ、ジャーは、いまにはじまったことではない。小《ちい》さいときからである。お医者《いしゃ》さんにみてもらったところ「排尿《はいにょう》(オシッコを出《だ》すこと)の自律《じりつ》神経《しんけい》が、少《すこ》し鈍《にぶ》い」といわれた。だが、これは正昭《まさあき》のせいではない。

(ああ、もうダメだぁ!)

と思《おも》ったとたん、ひとりでにジャーとなってしまうのだ。

(なんで、こんなことで、いっつもいじめられるんだろう)

オシッコがもれそうになるたび、正昭《まさあき》は死《し》んでしまいたくなる……。

うごくみそ汁《しる》

先生《せんせい》の目《め》をぬすんで、正昭《まさあき》のことを「ションベンたれ！」とはやしたて、いじめの標的《ひょうてき》にしている。そのことを静代《しずよ》から聞《き》いた小沢《おざわ》先生《せんせい》は、怒《いか》りよりも悲《かな》しくなった。

（それで正昭《まさあき》は、みんなのまえで、ほとんどしゃべらないんだ）

先生《せんせい》は、正昭《まさあき》の無口《むくち》の謎《なぞ》を少《すこ》しわかったような気《き》がした。けれど〝いじめっ子《こ》〟だけをつかまえて、いっくらこっぴどくなぐってみても、その場《ば》しのぎの罰《ばつ》をあたえるだけになってしまう。小沢《おざわ》先生《せんせい》の胸《むね》に、暗《くら》い海原《うなばら》がひろがりはじめた。

六年《ねん》B組《ぐみ》のいじめの標的《ひょうてき》は、正昭《まさあき》だけではない。高沢清《たかざわきよし》もそうだった。

清《きよし》は、幼稚園《ようちえん》に通《かよ》っているころ、すべり台《だい》からあやまって、まっさかさまに落《お》ちた。命《いのち》は助《たす》かったが、それがもとで右足《みぎあし》が不自由《ふじゆう》になった。そして頭《あたま》を強《つよ》く打《う》ったためらしいが、「ひが目《め》」になった。「ひが目《め》」というのは、瞳《ひとみ》の位置《いち》が少《すこ》しずれているため、ものを見《み》るときに、どうしても、ちがうところを見《み》る目《め》つきになるのだった。

「やーい、ひが目《め》ぇ！　おまえの目《め》ん玉《たま》、どっちむいとるんやぁ」

「おまえの目《め》ん玉《たま》、あさってむいとるぞぉ」

男子生徒《だんしせいと》たちは、手拍子《てびょうし》をうっておもしろがった。

五月《がつ》も半《なか》ばがすぎた日《ひ》のことだった。

その日《ひ》も、清《きよし》は右足《みぎあし》をひきずりながら教室《きょうしつ》にやってきた。

昼《ひる》まえの授業《じゅぎょう》がおわって、給食当番《きゅうしょくとうばん》の用意《ようい》ができた。みんな、ぺちゃくちゃいいながら、にぎやかに口《くち》をうごかしている。パンをひと口《くち》かじり、みそ汁《しる》の食器《しょっき》をとりあげた清《きよし》は、ハッとなった。

(みそ汁《しる》が……、うごいている!?)

このところ、視力《しりょく》が少《すこ》しずつ弱《よわ》くなってきていたが、そのせいではなかった。みその汁《しる》の食器《しょっき》のなかで、たしかになにかがうごいている。

(な、なんだろう、これぇっ!?)

清《きよし》は、くねくねとうごくものをつまみあげておどろいた。それは、小《ちい》さな毛虫《けむし》だった。しかし、清《きよし》は声《こえ》をあげなかった。かすむ目《め》で、そっと食器《しょっき》のなかを見《み》た。十匹《ぴき》くらいの毛虫《けむし》が、あつい液体《えきたい》のなかにつけられて、断末魔《だんまつま》の叫《さけ》び声《ごえ》をあげているようだった。

(便所《べんじょ》にいってるあいだに、おもしろ半分《はんぶん》でだれかがほうりこんだんだ)

清《きよし》の胸《むね》が、怒《いか》りをこえて、悲《かな》しみでいっぱいになった。

(こいつを入《い》れたやつは、きっとぼくが、大声《おおごえ》でさわぎたてると思《おも》ったにちがいない。けど、そんな手《て》にのってたまるもんかぁ)

清《きよし》は、なにくわぬ顔《かお》で、みそ汁《しる》をひと口《くち》すすった。そして、もうひと口《くち》、こんどはぐっと飲《の》んだ。それから教室《きょうしつ》のうしろをふりむくと、清《きよし》は悲《かな》しげな視線《しせん》をなげた。

すると三人《にん》の男子《だんし》生徒《せいと》が、すごすごと教室《きょうしつ》からでていくのが見《み》えた。

そのなかに、東山浩一《ひがしやまこういち》がいた。浩一《こういち》は、クラスでいちばん背《せ》がたかく、勉強《べんきょう》もよくできた。この町《まち》のだれもが知《し》っている旧家《きゅうか》の息子《むすこ》だった。みんなは「東山《ひがしやま》のお坊《ぼっ》ちゃん」と呼《よ》んだ。だが、浩一《こういち》は「東山《ひがしやま》のお坊《ぼっ》ちゃん」と、とくべつな目《め》で見《み》られるのが、たまらなくいやだった。

(なんで、みんなは、とくべつな目《め》を向《む》けるんだろ)

母親《ははおや》が新《あたら》しい服《ふく》を買《か》ってくると、わざとどろんこにして足《あし》で踏《ふ》みつけた。クラスのほとんどが、みんな貧《まず》しかった。だから自分《じぶん》が新《あたら》しい服《ふく》を着《き》るのが恥《は》ずかしかった。できるだけ、クラスの男子生徒《だんしせいと》たちと、肩《かた》をならべていたかった。みんながだれかをいじめていれば、浩一《こういち》は、その輪《わ》のなかに進《すす》んで加《くわ》わった。

きょうも、清《きよし》のみそ汁《しる》のなかに、毛虫《けむし》を入《い》れたのは、浩一《こういち》だった。

「おい、浩一《こういち》、おまえ、あいつのみそ汁《しる》んなかに、これぇ、入《い》られっかい」

ボスの健太《けんた》にけしかけられて、浩一《こういち》は尻《しり》ごみすることはできなかった。それを実行《じっこう》しなければ、仲間《なかま》はずれにされてしまう。それがこわかった。だが、清《きよし》から悲《かな》しみをいっぱいにためた目《め》でみつめられたとき、浩一《こういち》は、心《しん》ぞうに針《はり》がささったようになった。

（なんで高沢《たかざわ》くんに、あんなひどいことをしてしまったんだろう）

その日《ひ》、浩一《こういち》は、そればかりを考《かんが》えた。


それから三日《みっか》がたった。

小沢先生《おざわせんせい》は教室《きょうしつ》に入《い》ってくると、教壇《きょうだん》のまえにだまって立《た》った。いつもより、顔《かお》が青《あお》い。みんなを見《み》わたす先生《せんせい》の目《め》のはしが、ぴくっとふるえた。だれかが悪《わる》さをしたことを知《し》っている顔《かお》だ。

（こないだの……、毛虫《けむし》のことかなあ）

健太《けんた》と志郎《しろう》が、顔《かお》を見《み》あわせて、先生《せんせい》の口《くち》がひらくのを待《ま》った。

「ちょっとな、先生《せんせい》もびっくりすることが起《お》きた。とってもいやなことだけど、このさいはっきりいっておく。じつはな、さいせんどろぼうがあったんだ」

「さ、さいせん!?」

「そうだ、八幡神社《はちまんじんじゃ》のさいせん箱《ばこ》から、お金《かね》をぬきとったやつがいるんだ」

小沢《おざわ》先生《せんせい》の声《こえ》がふるえた。教室《きょうしつ》のなかがざわめきはじめた。章吾《しょうご》が、あたりの顔《かお》をじろじろ見《み》まわしてからいった。

「先生《せんせい》は、おらたちのだれかをうたがっとるんか？」

「いや、そうはいっとらん」

「それやったら……」

「ただな、ざんねんなことに、子《こ》どもがやったということがわかったんだ」

「そいでも、なんでおらたちがうたがわれるんけぇ」

「学校《がっこう》にそのおじさんがいうてきたんでは、六年生《ねんせい》の男子生徒《だんしせいと》やったと……。コールタールをぬった竹《たけ》んぼうの先《さき》で、硬貨《こうか》をくっつけて、逃《に》げていくところを見《み》たというんだ」

また、ざわめきが起《お》こって、みんなは、となりの子《こ》と顔《かお》を見《み》あわせた。

「おらじゃないぞ」

「おらも……知《し》らん」

みんな、自分《じぶん》だけをまもる顔《かお》だ。小沢《おざわ》先生《せんせい》は、ゆっくりと語《かた》りかけた。

「先生《せんせい》はな、この教室《きょうしつ》のなかに、そんな生徒《せいと》がいるとは信《しん》じたくない。だけどな、も、もしもそんなことをしたというものがいたら、いま、ここでいわなくったっていい。あとでな、先生《せんせい》のところにきて、いってほしい」

そういうと、小沢先生《おざわせんせい》は、教室《きょうしつ》をでていこうとした。すると、浩一《こういち》がスックと立《た》ちあがった。

「さいせんをぬすんだのは、この……ぼくです」

浩一《こういち》は、青《あお》ざめた顔《かお》で叫《さけ》ぶようにいった。みんなが、「へぇーっ!?」と、いっせいに浩一《こういち》を見《み》つめた。

「そうかぁ、東山《ひがしやま》がやったとは、すぐには信《しん》じられんけど、そういうんなら、あとでな、先生《せんせい》とじっくり話《はな》そう、いいな」

小沢先生《おざわせんせい》の顔《かお》が、さびしげにくもった。

その日《ひ》の放課後《ほうかご》、浩一《こういち》は、だれもいなくなった教室《きょうしつ》で、小沢先生《おざわせんせい》とむきあった。

「先生《せんせい》な、きょう、きみがいったこと、どうにも信《しん》じられんのや。東山《ひがしやま》がお金《かね》にこまっとるとは思《おも》われん、なあ、どうや」

「さいけど、ぼくがやりました。ふざけ半《はん》ぶんで……、やりました」

「そうかぁ、そんなにいうんやったら、しかたがない。だけどな、きみが教室《きょうしつ》のだれかをかばって、自分《じぶん》がさいせんどろぼうだというのは、先生《せんせい》、まちがってると思《おも》う」

浩一《こういち》は、涙《なみだ》ぐみそうになりながら、先生《せんせい》を見《み》つめている。

「だれかをかばうのは、それはやさしい気持《きも》ちなのかもしれない。けどな、ほんとうのやさしさというのは、もっと心《こころ》から、その友《だち》だちのことを考《かんが》えてやることじゃないかぁ。そう思《おも》わないか」

「心《こころ》から……!?」

「そうや、はっきりいうけどな、六年《ねん》B組《ぐみ》は、いま、たいへんだ。いじめが平気《へいき》でのさばっている。このままだったら、教室《きょうしつ》はこわれてしまう。もちろん、先生《せんせい》もどうしたらいいかを考《かんが》える。きみも、それを考《かんが》えてくれんかな」

「ぼくに、そんなことができるやろうか。ぼくだって、みんなといっしょに、正昭《まさあき》くんや清《きよし》くんをいじめたんやさかい……」

「だから……、六年《ねん》B組《ぐみ》の教室《きょうしつ》をな、ちょっとでもよくしようという気持《きも》ちがあるなら、きみの心《こころ》のなかにあるやさしさをな、もっと力《ちから》のあるやさしさにしてほしいんだ。きみならできる。先生《せんせい》、ずっとそれを考《かんが》えていたんだ」

「先生《せんせい》、ぼく……、ぼ、ぼく……」

「いいんや、いいんや。さあ、暗《くら》くならないうちに帰《かえ》りなさい」

椅子《いす》から立《た》ちあがった浩一《こういち》の瞳《ひとみ》に、涙《なみだ》はきらりと光《ひか》った。

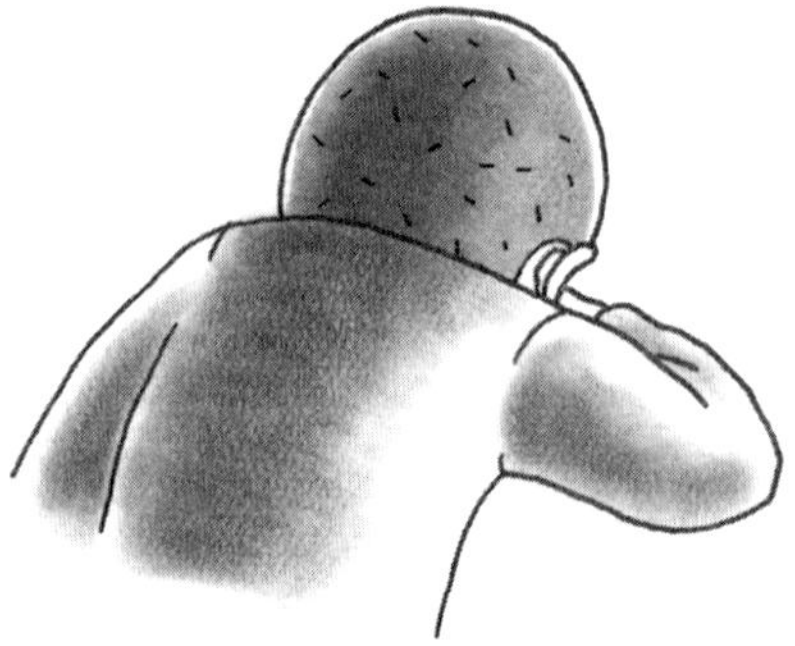

先生《せんせい》……！　泣《な》いとるがけぇ

朝《あさ》から雨《あめ》がそぼふる日《ひ》だった。

「香織《かおり》ちゃん、帰《かえ》ったら編《あ》みもののつづき、いっしょにやろうね」

「うん、きょうは、アッコちゃんとこでやろうか」

亜紀子《あきこ》と香織《かおり》は、いつもいっしょに帰《かえ》る。小川《おがわ》のほとりに、まだタンポポが咲《さ》いている。ふたりは、それをつみながら歩《ある》いた。帰《かえ》り道《みち》をいそぐ小学生《しょうがくせい》たちが、どんどんふたりを追《お》いこしていく。

「はよう、帰《かえ》ろうよ。だんだん雨《あめ》がひどくなってきた」

香織《かおり》が足《あし》を速《はや》めたときだった。

「おーい、お岩《いわ》さんのお通《とお》りだぞぉ！」
五、六人《にん》の男《おとこ》の子《こ》が、道《みち》の向《む》こうで通《とお》せんぼをしていた。六年生《ねんせい》もいれば、四、五年生《ねんせい》もいた。
「やーい、お岩《いわ》さーん、うらめしやのお岩《いわ》さーん！」

みんながふしをつけて、やんやとはやしたてた。

香織《かおり》の右《みぎ》ほおと、くびすじの皮《ひ》ふは、赤《あか》くただれたようになって、少《すこ》し引《ひ》きつっている。よちよち歩《ある》きのころに、やかんのお湯《ゆ》でやけどをしたあとだった。それを男子生徒《だんしせいと》たちがおもしろがって、いつのまにか「お岩《いわ》さん」というあだ名《な》をつけた。

「お岩《いわ》さん」というのは江戸時代《えどじだい》の作家《さっか》、鶴屋南北《つるやなんぼく》という人《ひと》が書《か》いた『東海道四谷怪談《とうかいどうよつやかいだん》』という話《はなし》にでてくる女性《じょせい》だ。お岩《いわ》さんは、からだは弱《よわ》かったが、やさしい妻《つま》だった。ところが主人《しゅじん》の伊右衛門《いえもん》は、別《べつ》の女性《じょせい》を好《す》きになって、妻《つま》のお岩《いわ》さんに毒《どく》を飲《の》ませる。お岩《いわ》さんの顔《かお》は、たちまちみにくくはれあがり、髪《かみ》の毛《け》はぬけた。そして、夫《おっと》に殺《ころ》されたお岩《いわ》さんは、ゆうれいとなって、伊右衛門《いえもん》を苦《くる》しめるという物語《ものがたり》だ。

夏《なつ》の夜《よる》になると、いまでもこわーい話《はなし》、怪談《かいだん》がもてはやされるが、ゆうれいといえば、「お岩《いわ》さん」といわれるようになった。でも香織《かおり》は、やけどのあとがあるだけでなぜ「お岩《いわ》さん」とはやされるのか、よくわからない。けれど、男子《だんし》生徒《せいと》たちのいじめは、そこにむけられた。

「やい、お岩《いわ》さん、くやしかったら通《とお》ってみぃ」

六年生《ねんせい》らしい背《せ》の大《おお》きな少年《しょうねん》が、あざけり笑《わら》うようにいった。ほかのクラスの子《こ》だった。香織《かおり》は、知《し》らんぷりをきめこんで歩《ある》きだした。

「通《とお》れるもんなら、ほーら、通《とお》ってみぃ」

そんな声《こえ》がしたかと思《おも》うと、香織《かおり》をめがけて小石《こいし》が飛《と》んできた。

「おーい、お岩《いわ》さまのお通《とお》りだぞぉ」

少年《しょうねん》たちはてんでに奇声《きせい》をあげながら、石《いし》をひろっては、香織《かおり》をねらった。

「なに、すっがや。男《おとこ》のくせに、石《いし》を投《な》げるなんて……、ひ、ひきょうだわよぉ！」

かさをまえにつきだした亜紀子《あきこ》が、金切《かなき》り声《ごえ》で叫《さけ》んだ。

「やーい、やーい、おまえの顔《かお》は、もうすぐぐちゃぐちゃになるんだぞ！」

小石《こいし》のこうげきは、なおもはげしくなった。

バシーン、大《おお》きな石《いし》が、香織《かおり》のかさにあたった。香織《かおり》はよろけた。そのひょうしに、かさがふっとんだ。

「香織《かおり》ちゃん、か、かおりちゃん!」

亜紀子《あきこ》が、かけよろうとしたときだ。小石《こいし》がうなりをあげて飛《と》んできて、亜紀子《あきこ》のひたいにあたった。一《いっ》しゅん、ひたいにあついものが走《はし》った。

「おい、かえろう、かえろうぜぇ」

少年《しょうねん》たちは、亜紀子《あきこ》のひたいににじんだ血《ち》におどろいて、バタバタと走《はし》りさった。

「こらーっ、待《ま》てぇ、ひきょうものぉ!!」

ずぶぬれのからだで、亜紀子《あきこ》は、両足《りょうあし》を踏《ふ》みならした。香織《かおり》は、歯《は》をくいしばって立《た》ちあがった。


それから二日《ふつか》がたった五時間《じかん》め。

「先生《せんせい》、どうしてもかたづけなきゃならん用事《ようじ》ができたさかい、みんな、ちゃんと自《じ》習《しゅう》しとるんだぞ、いいな」

小沢《おざわ》先生《せんせい》はそういうと、町《まち》の役場《やくば》へでかけていった。

たちまち、教室《きょうしつ》がさわがしくなった。机《つくえ》の上《うえ》に男子生徒《だんしせいと》がのぼって、ワイ、ワイやりはじめた。教室《きょうしつ》のうしろでは、すもうを取《と》るやつもいる。先生《せんせい》の机《つくえ》の上《うえ》の花《か》びんが割《わ》れ、女子生徒《じょしせいと》たちの悲鳴《ひめい》が起《お》きた。そのうち、男子生徒《だんしせいと》たちのエネルギーは、香織《かおり》に向《む》けられた。

「おい、お岩《いわ》さま！　今夜《こんや》はどこの柳《やなぎ》の下《した》からでるんけぇ。やーい、お岩《いわ》、お岩《いわ》さーん！」

健太《けんた》が声《こえ》を張《は》りあげると、七、八人《にん》の男子生徒《だんしせいと》が、手《て》をたたいてさわいだ。

（なんとか……、とめなければ……）

浩一《こういち》が、勇気《ゆうき》をふるいたたせたときだ。小沢先生《おざわせんせい》が、教室《きょうしつ》にもどってきた。そして香織《かおり》がはやしたてられているのを見《み》て、鬼《おに》のような顔《かお》になった。そして、健太《けんた》の胸《むな》ぐらをつかんだ。

「やい、オレはな、からだは小《ちい》さいけど、少年《しょうねん》ずもうじゃ、横綱《よこづな》だったんぞ。香織《かおり》さんに指《ゆび》一本《ぽん》でもふれてみろ。もう承知《しょうち》しないからな。おまえらの一人《ひとり》や二人《ふたり》、半殺《はんごろ》しにするなんてのはな、朝《あさ》メシまえなんだぞ。さあ、男《おとこ》は、みんなまえにならべ！」

これまで見《み》たことのない先生《せんせい》の顔《かお》つきに、男子生徒《だんしせいと》はふるえあがった。

「さあ、はようならばんか！　男《おとこ》はひとりのこらずならべ!!」

かくごをきめた二十六人《にん》の男子生徒《だんしせいと》が、ぞろぞろと黒板《こくばん》のまえにならんでうつむいた。

「おまえたち、なんでうつむいとる。ちゃんと顔《かお》をあげんかぁ。よーし、両足《りょうあし》をひらいて、ふんばっとれよ。腹《はら》にも力《ちから》を入《い》れるんだ！」

いうがはやいか、バシッ、バシッ、バシン、左《ひだり》がわの生徒《せいと》から順番《じゅんばん》に、先生《せんせい》のびんたが飛《と》んだ。力《ちから》をゆるめるということはなかった。思《おも》いっきりなぐられるから、ほとんどの生徒《せいと》が目《め》から火花《ひばな》がでて、うしろによろけて黒板《こくばん》にはげしくぶつかった。頭《あたま》にたんこぶができたものもいた。

女子生徒《じょしせいと》は、びんたの音《おと》がするたびに目《め》をつぶり、のどをひくっ、ひくっとさせた。

男子生徒《だんしせいと》は、嵐《あらし》が去《さ》るのを待《ま》つように、くちびるをかみしめてこらえている。

「どうだ、痛《いた》かったやろ。この痛《いた》さをな、ようおぼえておくんだぞ」

先生《せんせい》の声《こえ》が、少《すこ》しふるえてひびいた。

「よし、こんどは、おまえたちが先生《せんせい》をなぐる番《ばん》や。先生《せんせい》も、おまえたちとおなじ痛《いた》さを知《し》らんといかん。さあ、こっちから順番《じゅんばん》に、先生《せんせい》をなぐれ！　えんりょなんかせんでいいぞぉ!!」

小沢先生《おざわせんせい》は、ならんだ生徒《せいと》たちのいちばん右《みぎ》がわに立《た》った。

「さあ、先生《せんせい》をにっくき鬼《おに》やと思《おも》え！」

先生《せんせい》にいわれて、右《みぎ》はしにいた邦男《くにお》が手《て》をあげた。が、その右手《みぎて》は宙《ちゅう》にゆれた。

「なにやっとるか！　男《おとこ》ならキンタマ、ちゃんとついとるやろ!!」

くちびるをふるわせ、邦男《くにお》は、先生《せんせい》の左《ひだり》ほおをようやくなぐった。

こうして十二番《ばん》めまで進《すす》んだ。つぎは志郎《しろう》の番《ばん》であった。ふだんは〝暴《あば》れん坊《ぼう》〟のくせに、彼《かれ》の胸《むね》はどきどきと早鐘《はやがね》を打《う》った。志郎《しろう》は左手《ひだりて》をふりあげてみたが、どうにもそれ以上《いじょう》、うごかなかった。

「おらぁ、そんなことできん、できん、できんがやぁ……。セ、センセイ、たたくなんてこと、絶対《ぜったい》にできん、できん……」

志郎《しろう》の瞳《ひとみ》から、大粒《おおつぶ》の涙《なみだ》があふれた。小沢《おざわ》先生《せんせい》は、泣《な》きじゃくる志郎《しろう》の左手《ひだりて》を取《と》ると、力《ちから》まかせに自分《じぶん》の右《みぎ》ほおをなぐった。バシンというすごい音《おと》がした。志郎《しろう》は、ただ泣《な》いている。それからずっと左《ひだり》はしまで、小沢《おざわ》先生《せんせい》はびんたをくらった。いや、自分《じぶん》で自分《じぶん》をなぐったといっていいかもしれない。

男子《だんし》生徒《せいと》は、わんわん泣《な》きだした。じっと見《み》ていた二十四人《にん》の女子《じょし》生徒《せいと》たちも、すすり泣《な》きをはじめた。先生《せんせい》はしばらくぼう然《ぜん》としていたが、教壇《きょうだん》のまえにぺたりと座《すわ》りこんだ。

「みんな、かんにんしてくれぇ、先生《せんせい》が悪《わる》かった。先生《せんせい》が一方的《いっぽうてき》に自習《じしゅう》をおしつけといて……。先生《せんせい》は能《のう》なしや。だら（富山《とやま》の方言《ほうげん》で馬鹿《ばか》なことをすること）の見本《みほん》や」

両腕《りょううで》に顔《かお》をうずめて、小沢《おざわ》先生《せんせい》はうごかなかった。その肩《かた》が、小《ちい》さくふるえている。

「先生《せんせい》……！　泣《な》いとるがけぇ」

亜紀子《あきこ》が、自分《じぶん》も泣《な》きながら、先生《せんせい》をのぞきこんだ。小沢《おざわ》先生《せんせい》は、泣《な》いていた。

生徒《せいと》の目《め》もはばからずに、真剣《しんけん》に泣《な》いていた。教室中《きょうしつじゅう》が、しゃくりあげる子《こ》どもたちの泣《な》き声《ごえ》でいっぱいになった。

暗《くら》くなりかけた教室《きょうしつ》で、先生《せんせい》も生徒《せいと》も泣《な》いた。

レッツ・ゴー！　便所係《べんじょがかり》

その日《ひ》、家《いえ》に帰《かえ》ると、小沢先生《おざわせんせい》の顔《かお》は、ひりひり、かっかとなった。なにしろ男子生徒《だんしせいと》たちのびんたを、二十六発《ぱつ》もくらった。鏡《かがみ》を見《み》ると、ぷくっとはれていた。

つぎの日《ひ》、小沢先生《おざわせんせい》は、いつもの明《あか》るい調子《ちょうし》で登校《とうこう》した。生徒《せいと》たちは、しげしげと先生《せんせい》の顔《かお》をながめた。小沢先生《おざわせんせい》のほっぺたには、大《おお》きなこう薬《やく》（いまの湿布薬《しっぷやく》）がはられていたからだ。

「いったい、どうしたがかいね」

校長先生《こうちょうせんせい》が、けげんな顔《かお》を向《む》けた。

「いやぁ、おっちょこちょいなもんで、階段《かいだん》からころげ落《お》ちてしまいました」

小沢先生《おざわせんせい》は、両《りょう》ほおに手《て》をあてて、苦笑《にがわら》いをうかべた。

「ところで小沢先生《おざわせんせい》、六年《ねん》B組《ぐみ》は少《すこ》しはおとなしくなりましたかな」

「いや、子《こ》どもたちは、元気《げんき》がありすぎて、そのはけ口《ぐち》にこまっとるみたいです」

「それが……、いじめにつながっとるというわけですか」

校長先生《こうちょうせんせい》は、あごをなでながらいった。

「これは、とてもむずかしい問題《もんだい》で答《こた》えはかんたんに見《み》つかりませんが、ただいえることは、うちに帰《かえ》れば、子《こ》どもたちは、がんこものの父親《ちちおや》におさえつけられとりますからね」

「なるほど、そのうっぷんが、自分《じぶん》より貧《まず》しい者《もの》や、肉体的《にくたいてき》にハンディのある者《もの》を、寄《よ》ってたかっていじめる……。こういうことですかな、小沢先生《おざわせんせい》」

「まぁ、そんなところだと……、そう思《おも》っています」

いいながら、小沢先生《おざわせんせい》は、背《せ》なかを冷《つめ》たいものがすーっと流《なが》れる気《き》がした。

カレンダーは、六月《がつ》になった。梅雨《つゆ》の季節《きせつ》はまだなのに、朝《あさ》からとてもむし暑《あつ》い日《ひ》だ。

(正昭《まさあき》は、もう三日《みっか》も休《やす》んでいる。うちのほうからも連絡《れんらく》はないし、いったい、どうしたんだろう)

学校《がっこう》からの帰《かえ》り道《みち》、小沢先生《おざわせんせい》は、正昭《まさあき》の家《いえ》をたずねた。

「正昭《まさあき》くん、からだを悪《わる》くしとるんですか?」

「これは小沢《おざわ》先生《せんせい》、今夜《こんや》、先生《せんせい》のうちへ行《い》こうと思《おも》っていたところです」

正昭《まさあき》の母親《ははおや》は、ちょっと顔《かお》をしかめた。

「なにが……、あったんですか?」

「それが、三日《みっか》まえの朝《あさ》、おなかがいたいといいだして、それから下痢《げり》がなかなかとまらないんですよ。それであの子《こ》に聞《き》いたら、学校《がっこう》でミミズを……」

「ミ、ミミズ……!?」

小沢《おざわ》先生《せんせい》はぽかんとした顔《かお》になって、口《くち》をとがらせた。

母親《ははおや》が、こうふんした口《くち》ぶりでうちあけたのは、こういうことだった。

四日《よっか》まえの夕暮《ゆうぐ》れ。近《ちか》くの親《しん》せきに届《とど》けものをした帰《かえ》り道《みち》、正昭《まさあき》は神社《じんじゃ》のまえを通《とお》りかかった。神社《じんじゃ》の境内《けいだい》で、子《こ》どもたちが、忍者《にんじゃ》ごっこをしていた。そのなかに、健《けん》太《た》と章吾《しょうご》がいた。

「おい、ションベンたれ、ちょうどいいところへやってきたな」

章吾《しょうご》に呼《よ》びとめられた。正昭《まさあき》は蜘蛛《くも》の巣《す》にかかった蝶々《ちょうちょう》みたいにからだを小《ちい》さくした。

「やい、これをのみこんでみろ！」

健太《けんた》が、ブリキの空《あ》き缶《かん》をつきだした。そのなかには、十匹《ぴき》ほどの大《お》きなミミズがひしめいていた。正昭《まさあき》は、あとずさりした。

「おまえ、おらたちがせっかくいうとんのに、のみこめんのかぁ。ミミズはな、ションベンたれにょう利《き》くがやぞ。ほーら、のみこんでみぃ」

健太《けんた》が、ミミズをつかむと、正昭《まさあき》の顔《かお》のまえでぶらぶらさせた。

「そっからな、ミミズをのみこむとな、忍者《にんじゃ》みたいにふしぎな力《ちから》がでてくるそうや。正昭《まさあき》、ためしにやってみろ！」

章吾《しょうご》が、やんやとけしかけた。正昭《まさあき》は、かけだそうとかまえた。

「この野郎《やろう》！　おらたちのいうことが聞《き》けんちゅうのか」

健太《けんた》が正昭《まさあき》のからだをおさえた。章吾《しょうご》が正昭《まさあき》の口《くち》をむりやりあけると、三匹《びき》ほどのミミズをつっこんだ。

「よしよし、そーれ、のみこめ、のみこめ！」

健太《けんた》と章吾《しょうご》が、声《こえ》をあわせてはやしたてた。正昭《まさあき》は、かんねんするしかなかった。ひと思《おも》いに、ぐいっとミミズをのみこんだ。

それで正昭《まさあき》は、おなかをこわしたと、母親《ははおや》は小沢《おざわ》先生《せんせい》にうったえた。

（こないだ、びんたをやりあったとき……、健太《けんた》も章吾《しょうご》も泣《な》いとった。だけど、あれはうその涙《なみだ》やったんか……）

西《にし》の空《そら》が、まっ赤《か》にそまっている。その夕焼《ゆうや》けの色《いろ》が、小沢《おざわ》先生《せんせい》の胸《むね》いっぱいになってにじんだ。

つぎの日《ひ》。朝《あさ》からふりしきっていた雨《あめ》が、昼《ひる》ごろ、うそのようにやんだ。

四時間《じかん》めの体育《たいいく》が終《お》わって、小沢《おざわ》先生《せんせい》は校庭《こうてい》のくすの木《き》の下《した》で上半身《じょうはんしん》はだかになって汗《あせ》をふいていた。そこへ静代《しずよ》が走《はし》ってきた。

「先生《せんせい》、五時間目《じかんめ》の音楽《おんがく》は、二部合唱《ぶがっしょう》の練習《れんしゅう》するがやろ」

「ああ、そうやった。先生《せんせい》、忘《わす》れるとこやった」

小沢先生《おざわせんせい》は、笑顔《えがお》でふりむいた。すると静代《しずよ》が、先生《せんせい》のはだかの胸《むね》を見《み》つめて、いいにくそうな顔《かお》をした。

「ああ、このキズあとのことかぁ」

「うん、まえから気《き》になってたんやけど、それ、どうしたがけぇ」

「これなぁ、先生《せんせい》な、ちっちゃいときにクルマにひかれてしもうてな。くびがちょんぎれて、コロコロコロッところがってな。そいであわててひろってきて、くっつけてもらったんや」

「うっそぉ、そんなんうそやちゃ、先生《せんせい》！」

静代《しずよ》が、まるい顔《かお》をふりたてて笑《わら》った。

小沢先生《おざわせんせい》は、じょうだんにまぎらして、静代《しずよ》にそう説明《せつめい》したが、じつはそのキズあとには、こんなわけがあった。

生《う》まれてまだ五か月の赤《あか》ちゃんのとき、小沢先生《おざわせんせい》は、丹毒《たんどく》という病気《びょうき》にかかった。ウイルス（病原体《びょうげんたい》）がからだじゅうをまわり、のどと目《め》をおかされた。そのころは、これという薬《くすり》がなくて、のどを手術《しゅじゅつ》するしか、命《いのち》を救《すく》う手《て》だてがなかった。そのため、くびの付《つ》け根《ね》のところに、その手術《しゅじゅつ》のあとが、赤《あか》いひだのようになって残《のこ》った。

そしてウイルスは右目《みぎめ》をおかし、一歳《さい》のとき、右目《みぎめ》はまるで見《み》えなくなり、まぶたがたれさがった。少年時代《しょうねんじだい》、小沢先生《おざわせんせい》の右目《みぎめ》はふさがれたままだった。そして、ようやく義眼《ぎがん》（ガラスで作《つく》った眼《め》）を入《い》れたのは、十九歳《さい》のときだった。


職員室《しょくいんしつ》は、がらんとしていた。夕《ゆう》やみが、ガラス窓《まど》いっぱいにひろがっている。小沢先生《おざわせんせい》は、机《つくえ》にほおづえをついて、ぼんやりと外《そと》をながめた。校庭《こうてい》の木々《きぎ》が風《かぜ》にゆれて、見《み》えない小沢先生《おざわせんせい》の右目《みぎめ》に、少年時代《しょうねんじだい》の自分《じぶん》がぼんやりと浮《う》かんだ。

よちよち歩《ある》きをはじめたころから、小沢先生《おざわせんせい》はいじめにあった。小学校《しょうがっこう》に入学《にゅうがく》すると、

「やーい、片目《かため》ぇ！　森《もり》の石松《いしまつ》!!」とはやしたてられた。友《とも》だちとうまくいっているあいだはいいが、意見《いけん》がちがってなにかいおうとすると、「バカ野郎《やろう》！　おまえ、片目《かため》のくせになにいうとんのかぁ」と、ぴしゃりとやられてしまう。気持《きも》ちは、だんだんひくつになった。

小学《しょうがく》三年生《ねんせい》のときである。二人《ふたり》の上級生《じょうきゅうせい》に机《つくえ》と机《つくえ》のあいだに押《お》しこまれ、チョークで顔《かお》をまっしろにぬりたくられた。そして鏡《かがみ》を突《つ》きつけた二人《ふたり》は、やんやと叫《さけ》んだ。

「お化《ば》けだ、お化《ば》けだ！　おまえは、お化《ば》けのなりぞこないだ!!」

かーっと頭《あたま》に血《ち》がのぼった小沢《おざわ》少年《しょうねん》は、机《つくえ》の上《うえ》にあったナイフをやにわにつかむと、二人《ふたり》の上級生《じょうきゅうせい》を追《お》いかけた……。

(どうして人間《にんげん》は、自分《じぶん》より劣《おと》ったものを、いじめるのだろう。正昭《まさあき》も清《きよし》も、それから香織《かおり》も、からだにちょっとハンディがあるというだけでいじめられ、からかわれている……。

なんとか、この教室《きょうしつ》のわんぱくどもの心《こころ》に、おんなじ仲間《なかま》なんだという気持《きも》ちが芽《め》ばえてこないものだろうか)

そう祈《いの》るような目《め》で、夕《ゆう》やみを見《み》つめた。気《き》がつくと、職員室《しょくいんしつ》には、小沢《おざわ》先生《せんせい》、ひとりきりだった。

それから十日《とうか》ほどがたった。

二時間《じかん》めが終《お》わったところで、浩一《こういち》がいそぎ足《あし》で、正昭《まさあき》のところへやってきた。そして、耳《みみ》もとでささやくような声《こえ》でいった。

「正昭《まさあき》、はやいとこすましちゃおうぜ」

浩一《こういち》は、正昭《まさあき》をおんぶすると、便所《べんじょ》へいそいだ。正昭《まさあき》がオシッコ、ジャーとなってからかわれるより、自分《じぶん》が手助《てだす》けをしたほうがいいと、浩一《こういち》は考《かんが》えたのだ。

正昭《まさあき》をおぶって、便所《べんじょ》からでてきたところで、おもいっきりだれかとぶつかった。

浩一《こういち》はよろけ、正昭《まさあき》をせおったまま、壁《かべ》にぶつかった。

「ようよう、これはこれは、東山《ひがしやま》のお坊《ぼっ》ちゃまやないけぇ。おまえ、どこに目《め》ぇつけとるんやあ！」

ぶつかった相手《あいて》がわるかった。となりのクラスのボスである、竜也《たつや》だった。

「あれっ、おまえ、いつからかあちゃんになったがけぇ。せなかに赤《あか》ん坊《ぼう》なんかおんぶしてよぉ。おまえ、こいつをおぶってやって、それでいいことしとると、そう思《おも》っとるんやろ。ふん、自分《じぶん》だけいい子《こ》になっちゃって、おい、東山《ひがしやま》のお坊《ぼっ》ちゃん！」

いまいましそうな目《め》つきで、竜也《たつや》が浩一《こういち》の胸《むね》をついた。うしろにしたがえた三人《にん》の子分《こぶん》たちがケラケラと笑《わら》った。

「おまえに、つべこべいわれることなんかない！」

「なにぃ、このおらに文句《もんく》があんのか」

竜也《たつや》は顔《かお》をひきつらせ、浩一《こういち》の右足《みぎあし》にけりをいれた。重心《じゅうしん》を失《うしな》った浩一《こういち》は、正昭《まさあき》をおぶったまま、その場《ば》にひっくりかえった。

「た、たいへんやぁ、浩一《こういち》くんが、となりのクラスの子《こ》にやられとるぅ！」

光子《みつこ》が、息《いき》をはずませて教室《きょうしつ》にかけこんできた。その声《こえ》で、健太《けんた》と章吾《しょうご》が廊下《ろうか》へ走《はし》りだした。

「おい、竜也《たつや》！　おまえら浩一《こういち》と正昭《まさあき》にな、指《ゆび》一本《ぽん》でもふれてみろ。こ、このおらが承知《しょうち》しないからな」

どんぐり目《め》をくりくりうごかして、健太《けんた》が竜也《たつや》たちのまえで腕《うで》をくんだ。健太《けんた》と竜也《たつや》はしばらくにらみあいになったが、竜也《たつや》たちはふてくされた顔《かお》で教室《きょうしつ》にもどっていった。それにしても、「指《ゆび》一本《ぽん》でもふれてみろ。このおらが承知《しょうち》しないからな」は、どこかで聞《き》いたことのあるせりふだと、光子《みつこ》はふふふと思《おも》いだし笑《わら》いをした。

この事件《じけん》があって、小沢先生《おざわせんせい》がびっくりすることが起《お》きた。

浩一《こういち》は、毎日《まいにち》、正昭《まさあき》をおぶって、便所《べんじょ》につれてゆく。それが当《あ》たりまえになった。

そんなある日《ひ》、志郎《しろう》が浩一《こういち》にいった。

「おい、浩一《こういち》、おまえばっかしやらんと、おらにも正昭《まさあき》の便所係《べんじょがかり》をやらせてくれ」

「えーっ、おまえもやってくれるんか」

志郎《しろう》を見《み》つめる浩一《こういち》の目《め》が、テンになった。それからは、なんと健太《けんた》も章吾《しょうご》も、かわるがわるに正昭《まさあき》をおんぶして、便所《べんじょ》にかけだすようになった。

(浩一《こういち》のやったことが、ションベンたれ！　と、いじめの先頭《せんとう》にたっていた三人《にん》をうごかした。いやぁ、これは画期的《かっきてき》なことだぞ)

小沢先生《おざわせんせい》は、六年《ねん》B組《ぐみ》の教室《きょうしつ》に、はじめて希望《きぼう》の光《ひかり》を見《み》たような気《き》がした。

月《つき》の光《ひかり》の下《した》で

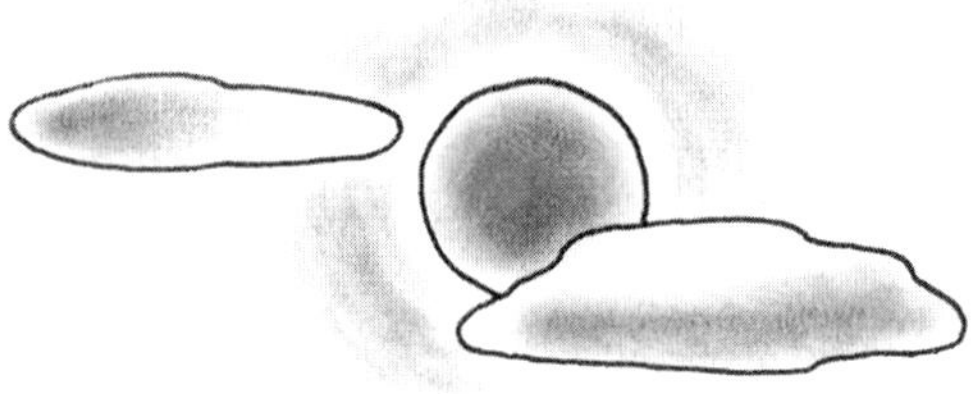

「今夜《こんや》な、先生《せんせい》、ホタル狩《が》りに行《い》こうと思《おも》うんだ。いっしょにきたいものは、早《はや》めに夕《ゆう》ごはんすませてな、七時《じ》に校庭《こうてい》に集《あつ》まれよ、いいなぁ」

その日《ひ》、授業《じゅぎょう》がすんだところで、小沢《おざわ》先生《せんせい》は、みんなに呼《よ》びかけた。うわーっと、にぎやかな声《こえ》があがった。

(十人《にん》もやってくればいいいな)

先生《せんせい》は、そう思《おも》った。ところが予想《よそう》ははずれて、三十人《にん》ちかい生徒《せいと》たちが、てんでにホタルかごを持《も》ってやってきた。

「よし、これに明《あ》かりをつけるからな」

四本《ほん》の竹《たけ》ざおにつるされたちょうちんに、先生《せんせい》はろうそくを立《た》てて灯《ひ》をともした。

「さあ、行《い》こうか。足《あし》もとが暗《くら》いからな、ころばんように気《き》ぃつけろ」

四人《にん》の生徒《せいと》がちょうちんを持《も》って、みんなは校庭《こうてい》から歩《ある》きだした。高台《たかだい》にある学校《がっこう》の坂道《さかみち》をくだってしばらく歩《ある》くと、一面《いちめん》の田《た》んぼがひろがっている。その田《た》んぼが、ホタルたちのすみかだ。

♪
ホーホー　ホータルこい
あっちの水《みず》は　にがいぞ
こっちの水《みず》は　あまいぞ
ホーホー　ホータルこい

あぜ道《みち》を、子《こ》どもたちの声《こえ》が一列《れつ》にならんで進《すす》んでゆく。ちょうちんの灯《ひ》がゆれて、子《こ》どもたちの顔《かお》も、ふわーっと浮《う》かんでゆれる。

「なんや、どっか知《し》らない国《くに》に探検《たんけん》に行《い》くみたいやな」

先頭《せんとう》を行《い》く章吾《しょうご》の声《こえ》が、夜空《よぞら》にはずんでひびく。田植《たう》えの終《おわ》った田《た》んぼが、月《つき》の光《ひかり》の下《した》でまるでみどりの海《うみ》のようだ。二十分《ぷん》ほど歩《ある》くと、家々《いえいえ》の明《あ》かりも見《み》えなくなった。聞《き》こえてくるのは、カエルの合唱《がっしょう》だけだ。

「さあ、着《つ》いたぞ。ほーら、すごいだろう」

小沢《おざわ》先生《せんせい》が、みんなをふりかえった。田《た》んぼのすみに、三十人《にん》の子《こ》どもたちの瞳《ひとみ》が吸《す》いよせられた。田《た》んぼに水《みず》を引《ひ》く、かんがい用水《ようすい》の取《と》り入《い》れ口《ぐち》に、ホタルの巣《す》があった。

ホタルがさなぎからかえり、小《ちい》さないのちが生《う》まれたばかりだった。しばらくすると、ホタルたちは羽《はね》をのばしはじめ、夜空《よぞら》に向《む》かって飛《と》びたった。

「うわーっ、きれいやぁ。雪《ゆき》が光《ひか》ってるみたい……」

静代《しずよ》が夢見《ゆめみ》るような目《め》つきで、ホタルたちを見《み》つめた。

「ほんま、きれいや、きれいや」

子《こ》どもたちは、てんでに口《くち》をあんぐりあけて、三百匹《ぴき》ちかいホタルたちが、群《む》れ飛《と》ぶようすに見《み》とれた。それは、まぼろしをみているような光景《こうけい》だった。あぜ道《みち》に腰《こし》をおろして、小沢《おざわ》先生《せんせい》も子《こ》どもたちも、時間《じかん》を忘《わす》れたようになって、ホタルたちをながめた。すると、志郎《しろう》がきゅうに大《おお》きな声《こえ》でいった。

「先生《せんせい》、おかしなホタルがいるぞ。けつが光《ひか》っとらんがや。かわいそうやなぁ」

「そうか、どうしたんやろうな。病気《びょうき》にかかっとるのかもしれんな」

ホタルたちは、水田《すいでん》にもまるで星《ほし》をちりばめたように光《ひか》っている。よく見《み》ると、たしかに光《ひかり》をともさないホタルがいた。羽《はね》が少《すこ》しちぢれたようになったホタルもいた。

(ああ、このホタルは香織《かおり》だなぁ。こっちは正昭《まさあき》、それからこれは、清《きよし》かもしれない)

光《ひか》れないホタルや、羽《はね》がちぢれたようになったホタルが、小沢《おざわ》先生《せんせい》には、そう見《み》えてしかたがなかった。

「先生《せんせい》、ホタルとホタルが、ぶつかりっこして、けんかしとるみたいや」

だれかが、そう叫《さけ》んだ。小沢《おざわ》先生《せんせい》は、立《た》ちあがると、うん、うんとうなずいた。

「そのホタルは、いつも教室《きょうしつ》でけんかしてるおまえたちみたいなもんや。ホタルにも、ほら、こんなにたくさんの仲間《なかま》がいるんやな。そしてな、ホタルにも、いろんなやつがいる。六年《ねん》B組《ぐみ》の教室《きょうしつ》と、よう似《に》てるなぁ」

先生《せんせい》の話《はなし》に、三十人《にん》の子《こ》どもたちは、ホタルと自分《じぶん》たちをかさねあわせた。

「でも先生《せんせい》、ホタルは一週間《しゅうかん》しか生《い》きておれんのやね。あの羽《はね》のちぢれたホタル、明日《あした》からどうやって暮《く》らしていくんかしら」

亜紀子《あきこ》の声《こえ》が、少《すこ》しさびしげに夜《よる》の空気《くうき》をふるわせた。みんなの胸《むね》に、ホタルの光《ひかり》のまばたきが、やさしく美《うつく》しく、そして悲《かな》しげにしみこんだ。

「さあ、そろそろ帰《かえ》ろうか」

あぜ道《みち》をつたって歩《ある》きながら、子《こ》どもたちは、ホタルのふしぎさについて話《はな》した。

すると、うしろのほうで、バシャーンと水《みず》のはねる音《おと》がした。章吾《しょうご》が足《あし》をすべらせ、田《た》んぼにころがり落《お》ちた。

「ああ、シャツもパンツもどろんこやぁ」

さすがの章吾《しょうご》も、泣《な》きべそをかきそうになった。女《おんな》の子《こ》たちが、かんだかい笑《わら》い声《ごえ》をあげた。

「そんなら、パンツがかわくまで、この辺《へん》でひと休《やす》みしようか」

先生《せんせい》がいって、みんなは、あぜ道《みち》の上《うえ》の農道《のうどう》に腰《こし》をおろした。

「先生《せんせい》、なんか話《はなし》をしてよ。ほら、こないだの〝雪《ゆき》おんな〟の話《はなし》がいい」

女《おんな》の子《こ》たちが、そうせがんだ。

「よーし、わかった。そんらはじめるぞ」

小沢先生《おざわせんせい》は、ゆっくりと話《はな》しだした。見《み》あげる夜空《よぞら》には、銀《ぎん》の砂《すな》をまいたように星《ほし》がまたたいている。その下《した》で、子《こ》どもたちは、じっと耳《みみ》をかたむけた。夜《よる》のしじまに、小沢先生《おざわせんせい》の声《こえ》がひびき、カエルたちの合唱《がっしょう》が、伴奏《ばんそう》のように聞《き》こえてくる。

農道《のうどう》の向《む》こうを、汽車《きしゃ》の線路《せんろ》が、ひと筋《すじ》の川《かわ》のように走《はし》っている。一時間《じかん》に一本《ぽん》くらい、たった二両連結《りょうれんけつ》の汽車《きしゅ》が通《とお》る。『雪《ゆき》おんな』の話《はなし》が終《お》わり、「そろそろ帰《かえ》ろうか」とみんなが立《た》ちあがったときだった。まっ暗《くら》なやみのかなたから、汽笛《きてき》は近《ちか》づいてきた。煙《けむり》をもうもうとあげ、夜汽車《よぎしゃ》は通《とお》りすぎる。汽車《きしゃ》の窓《まど》からもれる灯《ひ》が、水田《すいでん》にまるで影絵《かげえ》のようにうつり、夢《ゆめ》のなかへさそいこむような音《おと》をはずませながら、夜汽車《よぎしゃ》は小《ちい》さくなっていった。

♪いつも　いーつも通《とお》る夜汽車《よぎしゃ》
はるかな　ひびき聞《き》けば
遠《とお》い町《まち》を　思《おも》いだす……

夜汽車《よぎしゃ》を見送《みおく》りながら、みんなはいっせいに歌《うた》いだした。小沢先生《おざわせんせい》も、大《おお》きく手《て》をふりながら歌《うた》った。

水田《すいでん》のはるか向《む》こうには、灯台《とうだい》の灯《ひ》が見《み》える。その明《あ》かりが、ゆっくりと回転《かいてん》しながら水田《すいでん》まで届《とど》き、家路《いえじ》をたどるみんなの姿《すがた》を、やさしく浮《う》きあがらせた。

小沢先生《おざわせんせい》は、それから毎晩《まいばん》のように、子《こ》どもたちといっしょに、ホタルを見《み》にでかけた。こうして六年《ねん》B組《ぐみ》の「ホタル・ツアー」は、六月《がつ》のおわりごろまでつづいた。

そして小沢先生《おざわせんせい》の心《こころ》のなかで、なによりも子《こ》どもたちの胸《むね》のおくで、ホタルたちは、ちろちろと静《しず》かな光《ひかり》をともしはじめた……。

このころの教室《きょうしつ》には、壁新聞《かべしんぶん》というものがあった。

毎週《まいしゅう》一回《かい》、生徒《せいと》たちが交《こう》たいで編集《へんしゅう》し、教室《きょうしつ》のうしろにはりだされた。たたみ一枚《まい》ぶんくらいの大《おお》きな紙《かみ》に、教室《きょうしつ》のできごとや学校《がっこう》の行事《ぎょうじ》、それから作文《さくぶん》や詩《し》などを、えんぴつやクレヨンで、生徒《せいと》たちが思《おも》い思《おも》いに書《か》いた。この壁新聞《かべしんぶん》には、「先生《せんせい》のコーナー」もあった。

最初《さいしょ》のころ、小沢《おざわ》先生《せんせい》は、タンポポやカブトムシなど主人公《しゅじんこう》にして、小《ちい》さな童話《どうわ》を書《か》いた。ところが、子《こ》どもたちの評判《ひょうばん》は、いまひとつだった。

(そうだ、あのホタルたちを主人公《しゅじんこう》にすれば、なにか話《はなし》がつくれるのではないか……)

小沢《おざわ》先生《せんせい》の胸《むね》に、田《た》んぼのかたすみに群《むら》がる美《うつく》しいホタルたちが、いっぱいになってひろがった。とりわけ、光《ひか》りを放《はな》つことのできないホタルや、羽《はね》のちぢれたホタルのことが思《おも》いだされた。

小沢《おざわ》先生《せんせい》は、さっそく壁新聞《かべしんぶん》に、ホタルの話《はなし》を書《か》きはじめた。

《西《にし》の空《そら》が夕日《ゆうひ》にそまって、町《まち》も田《た》んぼも金色《きんいろ》にかがやきだしたころ、ホタルの子《こ》どもたちは、いっせいにサナギからかえりました。

田植《たう》えの終《お》わったみずみずしい田《た》んぼの片《かた》すみには、ホタルたちのおやどがあったのです。

「ああ、きょうから、ぼくも一人《いちにん》まえのホタルだ。うんとうんと光《ひか》るぞ。」

「わたしもよ、やっとホタルになれたわ。早《はや》く飛《と》んでみたいわ。」

「わたしだって。」

「ぼくだって。」

こういって、ホタルの子《こ》どもたちは、まだやわらかい羽《はね》を両方《りょうほう》にピッと広《ひろ》げたり、両足《りょうあし》をふんばって、からだをシャンとさせたり、わあわあさわいでいました。》

この童話《どうわ》の題名《だいめい》を小沢《おざわ》先生《せんせい》は、『ほたるのおやど』とつけた。しかし一回《かい》めでは終《お》わらなかった。壁新聞《かべしんぶん》の童話《どうわ》は、五回《かい》にわたって書《か》きすすめられ、題名《だいめい》は『とべないホタル』に変《か》わった。

西《にし》の空《そら》が夕焼《ゆうや》けにそまるころ、川《かわ》べりではホタルが誕生《たんじょう》した。そのなかに一匹《ぴき》、羽《はね》がちぢれて飛《と》ぶことのできないホタルがいた。

すっかりおちこんでしまった「とべないホタル」は、ぼんやり夜空《よぞら》をながめていた。星空《ほしぞら》に見《み》とれ、うしろから人間《にんげん》の子《こ》どもが近《ちか》づいてくるのには気《き》がつかなかった。そのとき、一匹《ぴき》のホタルが空《そら》から舞《ま》いおり、子《こ》どもの手《て》にとまった。子《こ》どもは、そのホタルをつかまえて帰《かえ》っていった。

「とべないホタル」は、身《み》がわりになってつかまえられていくホタルを、じっと見送《みおく》っていた。そして自分《じぶん》は、ひとりぼっちじゃなかった。すばらしい仲間《なかま》たちがいたのだと気《き》がつく……。

『とべないホタル』は、ざっとこんな話《はなし》だった。

「いやぁ、まーた思《おも》いつきで、へったくそな話《はなし》を書《か》いてしまった。どうせ、子《こ》どもたちは読《よ》んでくれないだろうなぁ」

夕《ゆう》ぐれ。生徒《せいと》たちがいなくなった教室《きょうしつ》で、小沢《おざわ》先生《せんせい》は、ひとりごとをつぶやいて頭《あたま》をかいた。

はじまりの虹《にじ》

あと二週間《しゅうかん》で夏休《なつやす》みだ。

校門《こうもん》のすぐそばにあるさくらの木々《きぎ》が、緑《みどり》をこくして、すずしげな木《こ》かげをつくっている。校庭《こうてい》の花壇《かだん》では、百葉箱《ひゃくようばこ》のまわりに、カンナやひまわりが、夏《なつ》の日《ひ》をあびている。

「先生《せんせい》、壁新聞《かべしんぶん》のホタルの話《はなし》ね、あれ、とってもよかった。胸《むね》がな、じーんとなった」

三時間《じかん》めが終《お》わったとき、静代《しずよ》が瞳《ひとみ》をかがやかせていった。

「そうかぁ、でもな、あんまりほめんでいいんだよ」

「そんなことない、おとといのね、放課後《ほうかご》やったけど、健太《けんた》くんと志郎《しろう》くんが、壁新聞《かべしんぶん》のまえで、えらくしんみりした顔《かお》してた」

「へぇーっ、あの健太《けんた》と志郎《しろう》がかぁ……。信《しん》じられんことだけど、あれぇ、読《よ》んでくれているんか」

「そうや、先生《せんせい》、あの話《はなし》のつづきな、もっともっと書《か》いてほしいんやわ」

静代《しずよ》を見《み》つめる小沢先生《おざわせんせい》は、顔《かお》がほてってくるのを感《かん》じた。

(あのホタルの話《はなし》には、いじめのことは、なんにも書《か》かなかった……。だけど、〝とべないホタル〟をとおして、みんなの心《こころ》のなかに、おなじ仲間《なかま》だという気持《きも》ちが、少《すこ》しずつふくらんでほしい)

校庭《こうてい》のひまわりが、小沢先生《おざわせんせい》には、希望《きぼう》の色《いろ》に見《み》えた。

つぎの日《ひ》、小沢先生《おざわせんせい》にとって、とてもうれしいことが起《お》きた。

「先生《せんせい》、きょうから、授業《じゅぎょう》がすんだあとで、相談会《そうだんかい》をひらくことにします」

浩一《こういち》が、胸《むね》をはって背《せ》すじをのばした。

「そうかぁ、とうとうやる気《き》になったか。きみが、いつそれをいってくれるか、先生《せんせい》、くびをながくして待《ま》ってたとこや」

こうして授業《じゅぎょう》が終《お》わったあと、六年《ねん》B組《ぐみ》では「相談会《そうだんかい》」がひらかれるようになった。これは、反省会《はんせいかい》だった。浩一《こういち》が議長《ぎちょう》になって、その日《ひ》、あったことを、みんなでいろいろ話《はな》しあうようになった。

〝あいつは、みんなをいじめてばかりいたけど、ほんとうは、こんないいところもあったんだ〟

〝自分《じぶん》はあいつにくらべると、勇気《ゆうき》がないなぁ〟

そして、算数《さんすう》の勉強《べんきょう》がおくれている友《とも》だちを、どうやったらたすけることができるかという問題《もんだい》まで話《はな》しあった。

壁新聞《かべしんぶん》に小沢《おざわ》先生《せんせい》が書《か》いた『とべないホタル』は、六年《ねん》B組《ねん》の生徒《せいと》ひとりひとりに、目《め》には見《み》えないふしぎな力《ちから》をあたえるようになった。おたがいをみとめあおうという空気《くうき》が、少《すこ》しずつ生《う》まれるようになったのだ。

小学校《しょうがっこう》さいごの夏休《なつやす》みがやってきた。みんな、海《うみ》や山《やま》で遊《あそ》びまわり、まっくろに日焼《ひや》けした。

「おい、みんなで勉強会《べんきょうかい》をやろう」

夏休《なつやす》みも終《お》わりに近《ちか》くなったころ、浩一《こういち》が呼《よ》びかけて、六年《ねん》B組《ぐみ》は学校《がっこう》に集《あつ》まった。

ふざけはんぶんで授業《じゅぎょう》をうけていたために、国語《こくご》や算数《さんすう》が、まるでわからなくなった仲間《なかま》がいた。

夕食《ゆうしょく》をすませてから、てんでに勉強《べんきょう》のおしえあいっこをした。子《こ》どもたちの、子《こ》どもたちによる授業《じゅぎょう》は、夜《よる》おそくまでつづいた。

「おお、みんな。がんばっとるなぁ」

ときどき小沢先生《おざわせんせい》が、大《おお》きな西瓜《すいか》をかかえてやってきた。みんなで輪《わ》になって、その西瓜《すいか》をパクついた。

「おらぁ、こんなに勉強《べんきょう》したが……、生《う》まれてはじめてやなぁ」

「おらもや。さいからうちの母《かあ》ちゃん、明日《あす》から大雪《おおゆき》になるかもしれん、いうとった」

健太《けんた》と章吾《しょうご》が、とびっきりの笑《わら》い声《ごえ》をあげて顔《かお》を見《み》あわせた。

二学期《がっき》がスタートした。

（坂道《さかみち》っていいもんだな。のぼりきったところになにかがある。六年《ねん》B組《ぐみ》は、これからどう変《か》わるんかな）

澄《す》みきった青空《あおぞら》を見《み》あげて、小沢先生《おざわせんせい》は、学校《がっこう》への坂道《さかみち》をいそいだ。

一学期《がっき》は欠席《けっせき》しがちだった香織《かおり》も、登校《とうこう》するようになった。

クラスのいじめも姿《すがた》を消《け》して、香織《かおり》は日《ひ》ごとに明《あか》るい笑顔《えがお》を見《み》せるようになった。

オシッコ、ジャーの正昭《まさあき》の便所係《べんじょがかり》は、志郎《しろう》と章吾《しょうご》が進《すす》んでひきうけている。

あんなにすさんでいた教室《きょうしつ》が、カレンダーをめくるごとに変《か》わっていった。なにより、健太《けんた》や章吾《しょうご》、志郎《しろう》など、ガキ大将《だいしょう》れんちゅうが、人《ひと》が変《か》わったみたいに心《こころ》がやさしくなった。それを見《み》まもる小沢先生《おざわせんせい》は、奇跡《きせき》が起《お》きたと目《め》をまるくした。

十一月《がつ》も半《なか》ば、晴《は》れわたった空《そら》がひろがる日《ひ》。四時間《じかん》めは、理科《りか》の時間《じかん》だった。

「きょうはな、電気《でんき》はどんなものに通《とお》るか、っていう実験《じっけん》をするぞぉ！」

小沢先生《おざわせんせい》が、みんなに声《こえ》をかけた。豆電球《まめでんきゅう》に電気《でんき》をともしたあとで、先生《せんせい》は、生徒《せいと》たち全員《ぜんいん》に手《て》をつながせ、大《おお》きな輪《わ》をつくらせた。そして二十ボルトくらいの弱《よわ》い電流《でんりゅう》を、いちばんはしっこの生徒《せいと》の手《て》に流《なが》した。

「ひっやぁ、手《て》がビリビリするちゃ」

「ほんまや、へぇーっ、人間《にんげん》のからだにも電気《でんき》が通《とお》るんやなぁ」

みんなが、てんでにおどろきながら感動《かんどう》の声《こえ》をあげた。

「それやったら、うんこやションベンにも、電気《でんき》、通《とお》るがやろか」

志郎《しろう》が、まじめな顔《かお》でいった。とたんに、教室《きょうしつ》じゅうが大笑《おおわら》いになった。

「うむ、それな、なかなかいい質問《しつもん》だぞ。さっそくためしてみたほうがいい」

小沢先生《おざわせんせい》が、にこにこ顔《かお》でけしかけた。健太《けんた》と志郎《しろう》が、近《ちか》くの農家《のうか》へ走《はし》っていき、馬糞《ばふん》をがっぽり集《あつ》めてきた。教室《きょうしつ》では、のこりの男子生徒《だんしせいと》が、

「おーい、おまえ、ションベンしろ！」

そういいあって、大きなビーカーに一杯《ぱい》のオシッコをたくわえた。

さあ、実験開始《じっけんかいし》である。馬糞《ばふん》とオシッコの入《はい》ったビーカーに、健太《けんた》が電流《でんりゅう》をつないだ。するとビーカーからのびた細《ほそ》い針金《はりがね》の先《さき》にある豆電球《まめでんきゅう》に、ポーッと明《あ》かりがついた。

「うわーっ、うんことションベンにも、電気《でんき》が通《とお》るぞ！　こ、これは大発見《だいはっけん》や」

みんなは鼻《はな》をつまみながら、豆電球《まめでんきゅう》をふしぎそうに見《み》つめた。そして「なぜ、電気《でんき》が通《とお》るのだろう？」を考《かんが》え、そのなかに含《ふく》まれる塩《えん》ぶんの作用《さよう》であることをつきとめた。

（いやぁ、授業中《じゅぎょうちゅう》に廊下《ろうか》に飛《と》びだしたり、いねむりしたり、手《て》がつけられん教室《きょうしつ》やったのに、こんなにみんなの目《め》がかがやきだした。この調子《ちょうし》だ、よーし、この調子《ちょうし》だ！）

ひとりでに胸《むね》がふくらんで、小沢先生《おざわせんせい》は、スキップして歩《ある》きたい気持《きも》ちになった。


北国《きたぐに》の冬《ふゆ》は、かけ足《あし》でやってくる。

あと一週間《しゅうかん》で、冬休《ふゆやす》み。みんなの心《こころ》は、お正月《しょうがつ》のことに飛《と》んでいて、なんとなく気持《きも》ちがふわふわと落《お》ちつかない。

その日《ひ》の「相談会《そうだんかい》」は、こんな話《はなし》になった。

「もうすぐ、お正月《しょうがつ》のもちつきやるよね。だけど、このクラスのなかには、うちでもちをつけない人《ひと》がいるって聞《き》いた……。なんとか、できないものやろうかぁ……」

亜紀子《あきこ》が教室《きょうしつ》のなかをゆっくり見《み》わたした。みんながざわざわと顔《かお》を見《み》あわせた。
いまでは、お正月《しょうがつ》のもちなど、めずらしくもないが、昭和《しょうわ》三十年代《ねんだい》、お正月《しょうがつ》のもちつきは、子《こ》どもたちの楽《たの》しみのひとつだった。お正月《しょうがつ》が近《ちか》ずくと、たいていのうちでもちつきをした。

ペッタンコ　ペッタンコ　ペッタンポン

いせいのいい音《おと》が、あちらこちらの家々《いえいえ》からひびいたものだ。六年《ねん》B組《ぐみ》には、お父《とお》さんのいない母子家庭《ぼしかてい》の友《とも》だちが、五人《にん》ほどいた。その友《とも》だちは、もちつきには縁《えん》がなかった。

「ふーん、なんか名案《めいあん》はないやろか」

みんな、顔《かお》をよせあって相談《そうだん》をはじめた。すると健太《けんた》が、つかつかと教壇《きょうだん》にあがった。

「おい、みんな、おらの話《はなし》を聞《き》いてくれ」

みんな、おどろいた。ツッパリの健太《けんた》が、これまで教室《きょうしつ》のまえに進《すす》みでたことなど、一ぺんもなかったからである。

「なぁ、みんな、だれだって正月《しょうがつ》には、家族《かぞく》そろって、おぞうに食《た》べたいやろ。でも、ただもちをあげたんでは、その人《ひと》がきずつくさかいな、どうや、みんなでもちつきぃ、やろうじゃないか」

こうふんした健太《けんた》の声《こえ》が心《こころ》なしかふるえている。みんなだまって健太《けんた》を見《み》つめた。

「そうや、みんなで、もちつき大会《たいかい》をやろう」

「やろう、やろう」

みんなが口々《くちぐち》に叫《さけ》んで、ワーッと拍手《はくしゅ》が起《お》きた。


つぎの日《ひ》は、日《にち》よう日《び》だった。

ゆうべからふりつづいていた雪《ゆき》が、お昼《ひる》ちょっとまえに、うまいぐあいにやんだ。雲《くも》がだんだんきれて、太陽《たいよう》が顔《かお》をだした。校庭《こうてい》の一面《いちめん》の雪《ゆき》に冬《ふゆ》の光《ひかり》が反射《はんしゃ》して、まばゆいばかりだ。

さあ、六年《ねん》B組《ぐみ》のもちつき大会《たいかい》だ。

もち米《ごめ》は、みんながそれぞれ持《も》ちよった。小沢《おざわ》先生《せんせい》があちこちをかけまわり、もちをつく臼《うす》と杵《きね》を用意《ようい》してくれた。

「そんなら、はじめるぞ！」

健太《けんた》が、杵《きね》をふりあげた。ヨイショ、コラショと、みんながかけ声《ごえ》をかける。

ペッタン　ペッタン　ペッタンポン
冬空《ふゆぞら》に杵《きね》の音《おと》がひびいて、健太《けんた》のひたいから汗《あせ》がふきだした。そして章吾《しょうご》、志郎《しろう》が、かわるがわるに杵《きね》をふりあげた。

つきあがったもちを、女《おんな》の子《こ》たちが、四角《しかく》やまるい形《かたち》にする。ひとりひとりの目《め》がかがやいて、気持《きも》ちも、もちのようにやさしくなった。

「どーれ、先生《せんせい》にもつかせてくれんかぁ」

小沢先生《おざわせんせい》が、気《き》あいを入《い》れて杵《きね》をもちあげた。

ペッタン　ペッタン　ペッタンコ
その音《おと》が、やがて小《ちい》さくなった。杵《きね》を手《て》にした小沢先生《おざわせんせい》のからだが、小《こ》きざみにふるえている。

「みんな、ありがとう、ありがとう。六年《ねん》B組《ぐみ》がなぁ……、こんないい教室《きょうしつ》になるとは……な、先生《せんせい》、思《おも》うてもみんかった……」

立《た》ちつくした小沢《おざわ》先生《せんせい》の目《め》に、冬《ふゆ》の日《ひ》ざしをうつして涙《なみだ》が光《ひか》った。そのあと、先生《せんせい》はなにかいおうとしたが、涙《なみだ》はあふれて声《こえ》にならなかった。

「先生《せんせい》、まーた、泣《な》いとるがけぇ」

香織《かおり》が、先生《せんせい》の顔《かお》をのぞきこんでいった。

「そんなら、できあがったもちを、みんなのうちに配《くば》りにいこう」

浩一《こういち》が、みんなをうながした。

「わーい、正月《しょうがつ》のもちや、もちができたぞぉ」

雪《ゆき》の校庭《こうてい》を、みんなが町《まち》のほうに向《む》かってかけだした。

(その調子《ちょうし》、その調子《ちょうし》!)

子《こ》どもたちを見《み》おくった小沢《おざわ》先生《せんせい》は、ふと空《そら》をみあげてドキンとなった。

(まさかぁ、そ、そんなはずがない!?)

その空《そら》に、あざやかな虹《にじ》がかかっていた。小沢《おざわ》先生《せんせい》だけに見《み》える〝はじまりの虹《にじ》〟が……。

エピローグ（おわりに）

昭和《しょうわ》四十二年《ねん》（一九六七年《ねん》）三月《がつ》、小沢《おざわ》先生《せんせい》は、十八年間《ねんかん》をすごした港《みなと》が見《み》える小学校《しょうがっこう》に別《わか》れをつげた。それからいくつかの小学校《しょうがっこう》に勤務《きんむ》したあと、富山県《とやまけん》教育研究所《きょういくけんきゅうじょ》で県教育史《けんきょういくし》の編《へん》さんにたずさわった。

季節《きせつ》はめぐり、月日《つきひ》は流《なが》れ、さらに二十年《ねん》がたった。「もうあの小学校《しょうがっこう》にもどることはないだろう」と思《おも》っていた小沢《おざわ》先生《せんせい》は、昭和《しょうわ》六十二年《ねん》（一九八七年《ねん》）の春《はる》、二十年《ねん》ぶりにこんどは校長《こうちょう》として帰《かえ》ってきた。

シンマイ先生《せんせい》だった若《わか》すぎたあのころ、生徒《せいと》とともに笑《わら》い、泣《な》き、怒《いか》り、ハチャ

メチャだった自分《じぶん》を、なつかしく思《おも》いだして胸《むね》があつくなった。

校長《こうちょう》となって、一か月《げつ》あまりがすぎた。ある朝《あさ》のこと――。

「あのお、校長先生《こうちょうせんせい》、いま、おじゃまでしょうか。ちょっと相談《そうだん》したいことがありまして……」

ふりむくと、二年生《ねんせい》のクラスの担任《たんにん》が立《た》っていた。小学校《しょうがっこう》の先生《せんせい》になってまだ三年《ねん》の若《わか》い女《おんな》の先生《せんせい》は、ふーっと息《いき》をするとこういった。

「これはあくまで私《わたし》の思《おも》いすごしかもしれませんが、クラスにいじめがあるのではないかと思《おも》うんです。どうも、目《め》の不自由《ふじゆう》な子《こ》を、数人《すうにん》の子《こ》どもたちがからかっているようで、その子《こ》は学校《がっこう》を休《やす》みがちなんです。

いいえ、担任《たんにん》の私《わたし》が手《て》を打《う》たなきゃいけないのに、こんな弱音《よわね》を吐《は》いてもうしわけありません……」

女《おんな》の先生《せんせい》は、涙《なみだ》ぐみそうになった。その先生《せんせい》の姿《すがた》が、小沢先生《おざわせんせい》には、遠《とお》い昔《むかし》の自分《じぶん》とかさなった。

くわしく事情《じじょう》を聞《き》くと、クラスにひどい近視《きんし》の子《こ》がいて、その子《こ》は、牛乳《ぎゅうにゅう》びんの底《そこ》のように厚《あつ》いレンズのめがねをかけていた。それを男子生徒《だんしせいと》たちがおもしろがり、めがねをとりあげる。

「やーい、なんにも見《み》えんやろ！　ほーれ、鬼《おに》さん、こっち、鬼《おに》さん、こっち!!」

その子《こ》が泣《な》きだすまで、やんやとはやしたてるのだという。

小沢校長《おざわこうちょう》の表情《ひょうじょう》は、たちまちくもった。それからどうしたものだろうかと考《かんが》えたが、いい手《て》だてが浮《う》かばない。四、五日後《にちご》、学校《がっこう》へ用事《ようじ》でやってきた、ＰＴＡの母親《ははおや》たちに相談《そうだん》してみた。すると、母親《ははおや》の一人《ひとり》が、こういいだした。

「校長先生《こうちょうせんせい》、昔《むかし》、ホタルの話《はなし》を校内放送《こうないほうそう》で聴《き》いたことを思《おも》いだしたんですけど、あれを子《こ》どもたちに話《はな》したらどうでしょうか。きっと、まだどこかに残《のこ》っているのじゃないかしら」

それから数日《すうじつ》がたって、その母親《ははおや》が校長室《こうちょうしつ》にやってきた。

「校長先生《こうちょうせんせい》、ありました……。先生《せんせい》が三十数年《すうねん》まえに書《か》かれた童話《どうわ》が見《み》つかりました」

小沢先生《おざわせんせい》の机《つくえ》に、表紙《ひょうし》が黄色《きいろ》くなった学級文集《がきゅうぶんしゅう》がおかれた。それは、昭和三十年《しょうわさんじゅうねん》八月《がつ》発行《はっこう》の、六年《ねん》B組《ぐみ》の学級文集《がっきゅうぶんしゅう》『ゆりかご』であった。そのなかに、とうに忘《わす》れてしまっていた童話《どうわ》『とべないホタル』が収録《しゅうろく》されていた。なつかしさと驚《おどろ》きが、小沢校長《おざわこうちょう》の胸《むね》のなかでないまぜになった。落書《らくが》きのように、あのとき、教室《きょうしつ》の壁新聞《かべしんぶん》に書《か》いた童話《どうわ》が、突然《とつぜん》、姿《すがた》をあらわしたからである。

（こんなものを、子《こ》どもたちに読《よ》み聞《き》かせたって、効果《こうか》があるだろうか……）

正直《しょうじき》なところ、小沢校長《おざわこうちょう》はそう思《おも》った。

五月《がつ》の終《お》わり、その子《こ》の休《やす》んだ日《ひ》を見《み》はからい、小沢校長《おざわこうちょう》は、一年《ねん》C組《ぐみ》の教室《きょうしつ》の教壇《きょうだん》に立《た》った。校長先生《こうちょうせんせい》が授業《じゅぎょう》をするというので、子《こ》どもたちは、目《め》をパチクリさせた。

「これから先生《せんせい》が、お話《はなし》を読《よ》みます。若《わか》い先生《せんせい》みたいにうまく読《よ》めんけど、がまんして聞《き》いてください」

小沢校長《おざわこうちょう》は、古《ふる》い学級文集《がっきゅうぶんしゅう》のページをひらいて、ゆっくりとした調子《ちょうし》で読《よ》んだ。読《よ》みながら、子《こ》どもたちの顔《かお》をときどきながめた。三十二年《ねん》まえ《まえ》の六年《ねん》B組《ぐみ》の生徒《せいと》たちの顔《かお》が、ぼーっと浮《う》かんだ。教室《きょうしつ》は、水《みず》を打《う》ったように静《しず》まりかえった。話《はなし》が終《お》わりにさしかかるころには、教室《きょうしつ》のあちこちで、鼻《はな》をすすりあげる音《おと》がした。子《こ》どもたちの瞳《ひとみ》が、みんなぬれて光《ひか》っていた。

「校長先生《こうちょうせんせい》の授業《じゅぎょう》は、これでおしまい」

小沢校長《おざわこうちょう》はそういうと、スタスタと教室《きょうしつ》をあとにした。

こうして、童話《どうわ》『とべないホタル』は、三十数年《すうねん》のときを越《こ》えて、日本海《にほんかい》の小《ちい》さな町《まち》から全国《ぜんこく》に飛《と》びたった。昭和《しょうわ》六十三年《ねん》に出版《しゅっぱん》され、すでに百《ひゃく》五十五万部《まんぶ》をこえるベストセラーとなっている。

「いやぁ、あの童話《どうわ》は、ほんの思《おも》いつきで書《か》いたもので、とっくの昔《むかし》にゴミ箱《ばこ》に捨《す》てたものなんです。それが、なぜこんなことになったのか……、いまでも、信《しん》じられんのですよ」

小沢昭巳《おざわあきみ》さんは、ふしぎでならないという顔《かお》になる。そのまなざしに、ハチャメチャだった若《わか》い先生《せんせい》のころの、やさしさと情熱《じょうねつ》を、いまもたたえながら……。

（おわり）

＊＊＊ズッコケ先生《せんせい》の悲《かな》しみ

半世紀も昔のこととなると、もう多くのことが霧に包まれ、定かではありません。でも、綾野まさるさんは、その霧を透かし、当時の子どもたちに会ったり、子どもたちの残した多くの記録（学級文集「ゆりかご」）を熱心に読み、それをヒントにこの物語を創作されました。

登場する子どもに迷惑をかけないように、人名や障害などの状況を変えて書かれてはいますが、私たちのクラスは、ほぼこの物語のようなものであったと思います。

物語られる時代は、一九五〇年代の前半です。長い戦争が終わり、何かほっとしたような気分でしたが、この時期に教師となった私は、何をしたらいいのかよくわかりません。少し見えてきたのは、その二、三年後です。それは、受け持っているクラスの子どもたちが、互いに気持ちを分かり合い、譲り合い、助け合い、家族のような「クラス」を築いてくれたらなぁ、ということでした。

それは、子どもたちひとりひとりの安全を確保するためです。人は、大人でも子どもでも、それぞれに重い荷物を背負っています。それをひとりで支えることは大変です。どうしてもまわりの人たちの助力が必要です。クラスで一緒に暮らしているのに、気持ちがばらばらだと荷物はいっそう重くなり、イジメが起きたり、学校へ来たくない子が出てきたりするのです。

そんなふうに考えてはいましたが、実際は、ズッコケてばかりいて、子どもたちを失望させ、期待を裏切る毎日でした。それは、子どもたちより私のほうが、ひとりよがりのツッパリだったからです。教師が子どもに向き合うということは、逆に子どもから、人間としての力量を試されることでもありました。

綾野さんの本を読み、恥ずかしい気持ちでいっぱいです。

小沢昭巳

「母《かあ》ちゃんの作《つく》った服《ふく》　一番好《ばんす》きや」
わたしがいった
ばあちゃんは、
「ふーんそうけ
母《かあ》ちゃんの作《つく》った服好《ふくす》きけ
かたいもんや」
と頭《あたま》をなでてくれた
「どこやらのうちに
母《かあ》ちゃんの服《ふく》きらいや
ゆうもんおるがいぜ」
とまた頭《あたま》をなでてくれた
わたしはうれしくてならんようになった
（清恵《きよえ》　昭和《しょうわ》30年《ねん》　学級文集《がっきゅうぶんしゅう》「ゆりかご」）

朝《あさ》、あんちゃんが会社《かいしゃ》へいかれる時《とき》
わたしがあんちゃんに
「いっておいでー」というと
あんちゃん　元気《げんき》そうに
「いってきまーす」といって出《で》ていかれる
こんどは
かあちゃんが港《みなと》に働《はたら》きにいかれる
その時《とき》も
「いっておいでー」という
かあちゃん　元気《げんき》そうに
「いってきまーす」といって出《で》ていかれる
私《わたし》はとってもうれしい
心《こころ》の中《なか》がおまつりみたいだ
（京子《きょうこ》　昭和《しょうわ》28年《ねん》　学級文集《がっきゅうぶんしゅう》「ゆりかご」）

四か月《げつ》ぶりのよいお天気《てんき》
ぼくは教室《きょうしつ》で勉強《べんきょう》しているが
あの海《うみ》の向《む》こうの　外国《がいこく》では
たくさんの人《ひと》たちが
今《いま》　何《なに》をしているだろう
イタリアは
からっと晴《は》れたいい天気《てんき》だろう
キューバでは
今《いま》　国会《こっかい》が開《ひら》かれ
アメリカとの貿易《ぼうえき》を打《う》ち切《き》って
今後《こんご》どうしていくかに
多《おお》くの意見《いけん》が交《か》わされているだろう
（英一《えいいち》　昭和《しょうわ》36年《ねん》　学級文集《がっきゅうぶんしゅう》「ゆりかご」）

今日《きょう》は水《みず》をかえる番《ばん》だ
バケツをながしにおいて
せんをひねると
水《みず》がドウとでた
中《なか》へ手《て》を入《い》れると
つめたくてたまらない
がまんしてぞうきんを洗《あら》った
みんなしぼってから手《て》をあげると
ゆび一本《ぽん》一本《ぽん》からゆげがあがっていた
じっとみていると
それが一人《ひとり》一人《ひとり》の人間《にんげん》みたいな気《き》がした
みんなよく働《はたら》いたなあ
ほかほかゆげがあがっている
（浩一《こういち》　昭和《しょうわ》30年《ねん》　学級文集《がっきゅうぶんしゅう》『ゆりかご』）

●作者紹介　綾野　まさる（あやの　まさる）

本名・綾野勝治。1944年、富山県生まれ。５年間のサラリーマン生活の後、フリーのライターとして、特に命の尊厳に焦点をあてたノンフィクション分野で執筆。94年、第２回盲導犬サーブ記念文学賞受賞。主な作品に「帰ってきたジロー」「ほんとうのハチ公物語」「いのちのあさがお」（ともにハート出版）、「900回のありがとう」（ポプラ社）、「ぼくらの阪神大震災～あしたは元気!!」「君をわすれない」（小学館）他、多数。

●画家紹介　平林　いずみ（ひらばやし　いずみ）

1975年、長野県生まれ。懐かしさや素朴さをテーマに、人物の表情や情景を生かしたノスタルジックな作風の絵画・イラストを得意とする。銀座ギャラリーフォレストで個展を開催する他、雑誌・書籍等でイラストを制作。99年講談社アートコンテスト児童図書出版賞受賞。イラスト掲載作品は、『その瞬間の言葉が子どもを変える』（ＰＨＰ研究所）、『子供の食事イラストカット集』（芽ばえ社）、月刊『ＰＬＡＳＭＡ』（芸術生活社）他、多数。

ほたる先生と「とべないホタル」たち

平成15年7月17日　第1刷発行

ISBN4-89295-293-1 C8093

発行者　日高裕明
発行所　ハート出版

〒171-0014
東京都豊島区池袋3-9-23
TEL・03-3590-6077　FAX・03-3590-6078
ハート出版ホームページ http://www.810.co.jp/

印刷　図書印刷

★乱丁、落丁はお取り替えします。その他お気づきの点がございましたら、お知らせ下さい。
JASRAC　出０３０７７９５－３０１　　編集担当／藤川すずむ